5分で読書

恐怖はSNSからはじまった

カドカワ読書タイム 編

カドカワ
読書
タイム

本書は、コンテスト「大人も子供も参加できる！ カクヨム甲子園《テーマ別》」の受賞作、
および応募作の中の優秀な作品を収録したアンソロジーです。

恐怖は
SNSから
はじまった

@Rukiri……

著　青峰(あおみね)　輝楽(きら)

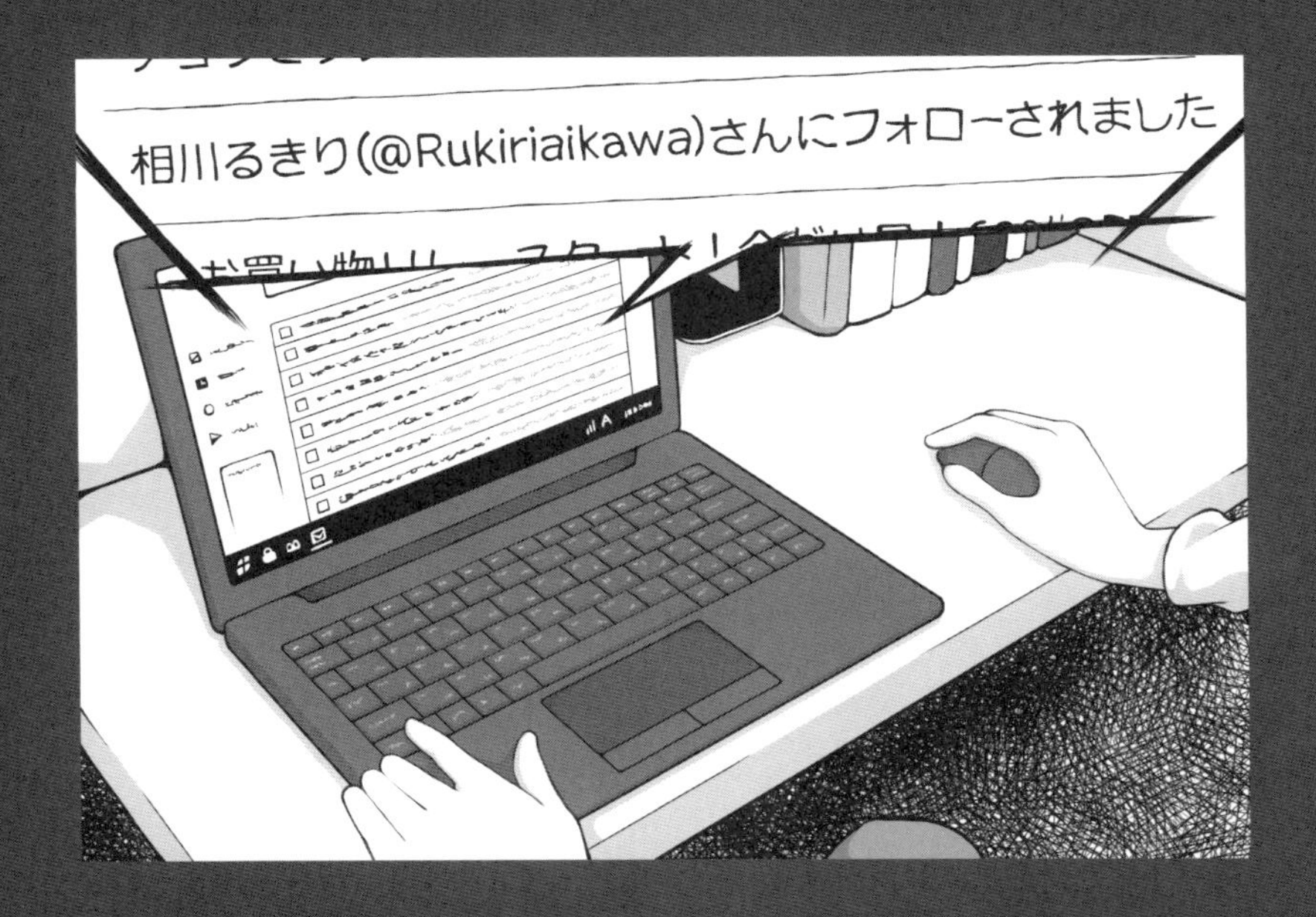

私には友達がいない。正確には、リアルの友達が。
虐められている訳じゃない。無視されている訳でもない。だから、不幸じゃない。
でも、私にはリア友がいない。

　中学の頃は何人も友達がいた。漫画好きで集まってとても楽しかった。高校行ったら一緒に漫研入ろうね、って約束してた。でも、親にもっと偏差値の高い所を狙うように言われ、流されるままに受けたら合格した。

「高校別れても、一緒に同人やろうね」

　約束してたのに、段々疎遠になった。運で受かった進学校で授業についていく為に私は忙しい。メールにすぐ返信できない私を、みんなは面倒がるようになった。みんなは以前と変わらず、集まって楽しくやっている。その空間に、私は要らなくなったのだ。学校も違うし連絡も取りにくい。だったら、いちいち声をかけなくてもいい。そういう事だ。

『一緒にやりたいならさ、もっとまめにメールチェックしなよ』

　その言葉に私はつい、かっとなった。毎日塾があって、その間はスマホを見られない。みんなみたいに暇じゃない。

「無理だよ。じゃあ、もういいよ」

『あっそ』

　それで、終わりになった。

　中学時代の仲間にしがみついている間に、周囲では新しい人間関係が出来ていた。私は取り残された。

　授業で班を作れば普通に話すし、消しゴムを落としたら拾ってくれる。ただ、一緒につるんでお弁当を食べたり、他愛ない話で盛り上がったりする相手がいないだけだ。どうって事はない。どうって事はないけど……寂しかった。学校へ行って授業を受けて塾へ行って帰る、その繰り返し。リアルの生活には楽しみなんて何もない。ただ、生きる為に生きているだけ。

　ＳＮＳを始めてみようと思ったのはただの思いつきだ。
『美空あいりん @Airinmisora　イラスト交換希望
　気軽に仲良くしてくれる方、お友達になって下さい』
　翌日、ＳＮＳを開いてみると、
『相川るきり（@Rukiriaikawa）さんにフォローされました』の文字。

プロフィールを見ると、

『相川るきり @Rukiriaikawa　イラスト描いてま～す』

それだけ。アイコンは、淡いブルー系の髪と目をした少女。

もし合わない相手なら、切ればいい。ネット上の関係なんて、切りたくなればいつでも切れる。リアルと違って周りに知られる事もない。よし、と決めてフォローしかえす。

『@Rukiriaikawa　フォローありがとうございます
よかったら仲良くして下さい』

返事はすぐに返ってきた。

『@Airinmisora　は～い、仲良くして下さいね～』

そして、私とるきりは急速に親しくなった。るきりと友達になってからは、アカウントに鍵をかけた。これでもう、このＳＮＳでの私の言葉は、フォローしているるきりにしか届かない。でも、それでいい。友達は一人でいい。るきりは何人かフォローしているがフォロワーはいなかった。

私とるきりはチャット状態で毎晩遅くまで色んな事を話した。同じ学年で、偶然にも隣の市に住んでいるという事。そして学校と本名も知った。Ｋ女子学院の田中彩さん。

でも、私の中では、るきりはるきり。私も自分の情報を教えたが、その話はそこでおしまい。私たちは、るきりとあいりりん。それでいい。

イラスト交換もした。るきりの画は繊細で儚い線。淡い色遣い。

隣の市なんだから、会おうと思えば会える。でも、そういう話は出なかった。互いのメアドは教え合っていない。るきりがリア友になるのが私は怖いのだ。リア友にまた切られるのが、怖い。

るきりは既に以前のリア友よりずっと大事な存在になっていたのに、私はそう思い込んでいた。

そんなある日。

私は、教室で聞こえた会話に、耳を疑った。

「あ～あ～、知ってる！　K女子の相川るきり？」

「そうそう、B高の斉藤くんの彼女。怖いらしいよ～」

「あの飛び降り自殺した子、相川グループに散々やられてたらしいし」

「ああ、斉藤くんのストーカーしてたって子ね」

……K女子の相川るきり？　るきりはハンドルネームじゃなかったんだ！

「ねえ、その話、詳しく教えて！」

いきなり会話に割り込んできた私を、三人のクラスメイトは一瞬ぽかんとした顔で見た。私は必要な時以外、誰にも話しかけない人だと思われているからだ。でも、三人はすぐに笑顔になった。彼女たちは『誰にでも親切なタイプ』だから、嫌な顔なんかしない。

「どしたの、沢田さん。まさか相川るきり、知ってるの？」

「え、いや、その、その人の彼氏をストーカーしてた子が自殺したの？　いつ？　今日？」

昨夜もるきりと話したけど、彼氏がいるなんて初耳だ。

「え？　ネットニュースにも出てたよ。K女子の自殺。三ヶ月前の話だよ？」

……三ヶ月前？　ちょうど、るきりと仲良くし始めた頃だ。そういえばネットで見たし、るきりに、

『学校の子が自殺したって？』

と尋ねた。るきりはあの時、ただ、

『らしいね』

とだけ答えたのだった。

「ねえどしたの、沢田さん？　顔青いよ？　大丈夫？」

心配顔で尋ねてくる竹内さん。本当は心配なんかしてないくせに。

「自殺した子を知ってたの？　でも相川るきりってさぁ、すごい怖いらしいよ？　一見可愛い系だけど元ヤンで裏で色々ツテ持ってるらしいよ。絶対関わっちゃダメだよ」

「瑠璃色の霧って意味で、瑠霧って書いて、るきりだって。読めないよね～あはは！」

そんな彼女たちの言葉もろくに耳に入らない。礼を言って彼女たちから離れた。

元ヤンで、彼氏のストーカーを自殺に追いやった？　それが、るきりの本当の顔なの？

怖い。私はどうして、リア友よりネット友達の方が分かり合える、なんて思ったんだろう。

私はるきりの事なんて、何も知らなかった。パソコンの画面に映るアイコンと文字。それが、私の知るるきりの全て。たったそれだけなのに、私はるきりを親友だと思い込み、るきりの心を何でも分かっていると信じ込んでいた。

私はその夜、三ヶ月ぶりにパソコンを開かなかった。次の日も、その次の日も。


パソコンを開かなくなって数日後。登校してみると、あちこちから奇妙な視線を感じた。

竹内さんが私を見つけて飛んできた。

「沢田さん！　ヤバいからやめろ、って言ったじゃん！」

「え、何……？」

「何、って、SNSアプリのトークグループで、相川瑠霧に喧嘩売ったんでしょ？　すごい噂になってるよ！」

私は頭がくらくらした。

「私、今はスマホのＳＮＳはやってないよ。そもそも、その人のトークグループなんて知らないよ。何それ。私、知らない」

「相川瑠霧、激怒して、沢田さんをシメる、って言ってるらしいよ！　本名と高校名出して罵倒したって？」

「そんな……人違いだよ」

私は涙目になってしまう。何この状況。私が急に『あいりん』をやめたからるきりが怒った、っていうのならまだ分かる。でも、トークグループ？　そんなの、知らない！

「私……どうしたらいいの？」

駄目だ、頼っちゃ。そう思いながらも、涙が止まらない。竹内さんは、私の肩を抱いてくれた。

「人違いなら、大丈夫だよ。私の友達に、相川瑠霧の取り巻きに口きける子がいるから、その子から言ってもらうから」

「本当……に？」

「勿論だよ。とにかく、一人になっちゃだめだよ」

眼鏡の奥の親切そうな目。私は竹内さんの肩にすがって泣いた。

その日は、竹内さんたち三人とその彼氏たちも一緒に帰ってくれて、何事もなかった。三人の事もよく知らないし、ましてその彼氏なんて、顔も知らないよそのクラスの人で居心地は悪かったけど、でもそんな人たちが私を助けてくれようとしてるのは、素直に嬉しいと感じられた。竹内さんが声をかけてくれたおかげかもしれない。リアルもまだ捨てたものじゃないな、と思えた。


でも。私はるきりと向き合わなくちゃいけない。

ほとんど無言で夕食をかき込む。

「愛、明後日から中間テストでしょう？　パソコンはいい加減にしなさいね！」

親はどうせそんな事しか言わない。うるさく言われないよう、親が寝るまで勉強して、静かになってからネットに繋いだ。

『@Rukiriaikawa　こんばんは』

勇気が要ったけど、話しかけてみる。すぐに返事が来た。

『@Airinmisora　久しぶり！　どうしてたの、心配したよ！』

屈託のない返事に胸が詰まる。なんで？　私をシメるって怒ってるんじゃなかったの？
『怒ってるんじゃないの？』
文字を打つ指が震えたけど、そう返信する。
『怒る？　なんで？』
違う。怒ってるのは私の方だ。
『私に嘘ついてたでしょ？
本名が田中彩だとか
るきりは瑠霧でそれが本名なんでしょ？』
これにはすぐに返事がない。私は更に、
『トークグループに入ったのは私じゃないよ
私はただ、ネットでるきりと交流出来たらそれでよかったの
るきりが本当はどういう子かなんて、関係ないよ』
るきりはどういうつもりで私と交流したんだろう？　彼氏のストーカーを自殺に追いやる瑠霧……ほのぼのイラスト交換とガールズトークで盛り上がるるきり……どっちが本当の顔なのか。瑠霧なんて存在、知りたくなかった。そうすればずっと楽しい時間が続いたのに。
『あいりんは、本当の私には興味がないの？』

『るきりが元ヤンだとか、そういうの関係なく仲良くしてたかった、って言ってるの！』

『どうして私が元ヤンだとか思うの？』

『だってそれＨＮじゃなくて本名なんでしょ？

ちゃんと聞いたんだから！』

『るきりはＨＮだって最初に言ったじゃない
どうして嘘だって決めつけるの？』

……そういえば、そうだ。珍しい名前だから同一人物だって決めつけていたけど、もしかしたらるきりは瑠霧とは関係なく、たまたまそういうＨＮにしただけなのかもしれない。でも、そんな事があるだろうか？　私は混乱してきた。

『るきりは相川瑠霧って人とは違うの？』

『違うよ！　あんな奴と一緒にしないで！』

『るきり、相川瑠霧を知ってるの？』

『知ってるよ
大嫌い、あんな奴』

『じゃあ、なんで嫌いな人の名前をＨＮにしたの？』

『忘れない為に』

『何を？』

『私を殺した事』

　私はぞくっとした。

『何それ、どういう意味？』

『何って、まだわからない？』

『何を？』

『私が死んでる事』

　――目の前の画面が、急に違うものに見えてくる気がした。

『やめてよおかしな冗談。趣味悪いよ』

　私は本当に怖くなってきた。早くパソコンを切った方がいい。そう思うのに、手はキーボードから離れない。

『何が冗談なの？

　本当の私はどうでもいいんでしょ？

　本当の私が三ヶ月前に飛び降り自殺してたって
　どうでもいいんでしょ？

　今まで通り仲良くしようよ♪』

田中彩。るきりはそれが本名だと言ってた。
K女子学院の田中彩。それは、もしかして……。
『私はストーカーなんかじゃない
ただ、電車でよく見かける斉藤くんが気になって
ある時勇気を出して家までつけて行ってしまっただけ
相川瑠霧の彼だなんて知らなかったし』
『なのに、それを気づかれてからひどい事いっぱいされて
友達もみんな怖がって私から離れていった
リアルは怖いよ、あいりん
ネットで仲良くしよ♪』
『あ、それから、相川のトークグループで
あいりんの名前で暴(あば)れちゃってゴメンね～
あいりんが急に話してくれなくなったから
ちょっとすねてやっちゃったんだ笑』
目前に流れてくる画面上の文字。私はどう答えればいいのかわからない。そんな事、ある訳ない。

『死んでるとか、あり得ないし。嫌がらせはやめて』
『なんであり得ないと思う訳?
死んでもフツーにネットで喋ってる人なんて
私以外にもたくさんいるよ?
どこの誰かも知らない話し相手が
どうして生きてる相手って決めつけられる訳?』
『死人がどうやってネットに繋げるのよ!』
私が今すべき事は、すぐにパソコンを切る事。分かっているのに、どうしても出来ない。
『死んだら魂がどこに行くかなんて誰も知らない
私は死んで、気づいたらネットの中にいた
ここは、とても居心地いいよ
言いたい事言って、嫌な事はスルー&ブロック
それで済んじゃうんだから
あいりんもおいでよ』
『私はるきりの事、何もわかってなかった
こんな事やめよう

るきりが死んでるなんて信じないから！』
私はウィンドウを消そうとする。もう嫌だ、耐えられない。
でも。
いくら押しても画面は消えない。私は焦って、パソコンを強制終了させようとした。
『だめだよ、あいりん
逃がさないから
私の友達』
不意に画面が変わる。水色の髪の少女。るきりのアイコン。画面いっぱいに顔が映り、そして、アイコンはニヤリと笑った。

※※※

「沢田さん、心臓麻痺だって？」

竹内美佳は泣いた。

「部屋で倒れてたって……」

「やっぱ、この前のあれがショックだったのかな」

葬儀から帰って、美佳は沈んだ気持ちのままで自室に向かう。沢田さん、泣いて助けを求めてたのに。助けてあげたかった。まさか死んじゃうなんて。

気分を変えようと、ベッドに寝転んでスマホを開く。ＳＮＳは日課だ。あ、新しいフォローが来てる！

『美空あいりん（@Airinmisora）さんにフォローされました』

漆黒婦人がやってくる

著　湖城（こじょう）　マコト

第1話　恐怖はSNSから始まった

「生まれ変わったら絶対にウララカみたいな顔になりたい」

「分かる。マジ憧れる」

昼休みの教室では、昼食を終えた女子生徒たちが一団を作り、スマホの画面に釘付けとなっていた。


女子生徒たちの注目を集めるのは隣のS市在住の女子高生、愛称「ウララカ」こと久世麗が更新しているSNSだ。

S市の有名私立高校に通う久世麗は大人びた端正なルックスと抜群のスタイルから、学業と並行してファッション誌の専属モデルとして活躍している。

アップされる写真の私服やメイクのセンスも良く、同年代の女子高生たちにとって久世麗はアイコンだ。

一方でSNSに投稿されるコメントには年相応のあどけなさや愛嬌が満ちており、大人びたルックスとのギャップもまた魅力となっている。

この日は先日の雑誌の撮影風景をアップしており、普段は覗けない撮影の裏側に、女子生徒たちは見入っている。

「この服可愛い。頑張れば買えそうな価格だし、バイトでも始めようかな」

中でも一番熱心に見入っているのは、シュシュで括った黒髪のポニーテールと一七〇センチ近い長身が印象的な小町結だ。

結は久世麗が一般人だった頃からＳＮＳをチェックしていた古参ファン。

元々顔の系統、背格好共に似ており、結は積極的に久世麗のファッションを参考にしている。

時折ＳＮＳ上に自撮りを上げており、その完成度の高さから、久世麗本人から反応を貰ったこともある、ファンの間ではそこそこ有名な存在である。

「……ねえ、これって」

和やかムードの中、不意に結が久世麗が投稿した写真の一枚を見て眉を顰めた。何事かと思い、友人たちが結のスマホを覗き込むと。

「うわっ、漆黒婦人。また写ってるよ」

「……こう何度もだと、流石に気味悪いよね」

屋外での撮影の合間にスタッフさんに撮ってもらったという一枚。

モデル仲間と笑顔でピースサインをする久世麗の背後。人混みの中に、一際目を引く長身の人物が一人。

全身黒ずくめで黒髪ロング。特に印象的なのは色白な肌と、衣服と同じく真っ黒な女優帽とのコントラストだ。

目を引く風貌であることには違いないが、そういった人物がたまたま写り込んでしまっただけならば問題はない。問題なのはこの漆黒婦人と呼ばれる人物が、久世麗がＳＮＳ上に投稿している画像に頻繁に写り込んでいるという点だ。

気味の悪いことに、写り込む距離は徐々に近づいてきている。

最初に姿が確認されたのは一カ月前。今回のように、久世麗が屋外での撮影の合間に撮った写真――背後の雑踏の中に、一際目立つ女優帽の人物が写り込んでいた。

次は三日後。久世麗が休日に友人と遊びに出掛けた際のショット。

カフェテリアで撮影した一枚にも、道路を挟んで反対側の歩道から、久世麗のいるカフェテリアを見つめる女優帽の人物の姿が写り込んでいた。

一部のフォロワーはこの時点で女優帽の人物に注目したようだが、二回ならばたまたまという可能性も十分に考えられる。この時点で女優帽の人物の存在はそこまで話題に上がらなかった。

五日後。美容室帰りの久世麗の自撮りの後方に、三度女優帽の人物の姿が確認された。二度ならまだしも、三度となると偶然とは考えにくい。

この頃からフォロワーたちの間でも、久世麗の投稿した写真に頻繁に怪しい人物が写り込んでいると話題になり始める。

同時期から本来の久世麗のフォロワーだけではなく、オカルトマニアたちも彼女のＳＮＳに興味を示し始めた。女優帽の人物の正体は、何でもオカルトマニアの間でも一部の者しか知らないコアな都市伝説、「漆黒婦人」ではないかという噂が流れ始めたからだ。

しかし、元々一部のオカルトマニアしか知らなかったような都市伝説がまさか定説となるはずはない。一方で何かしらの呼び方は必要だと感じたのか、都市伝説発祥だとも知られぬまま、漆黒婦人なる呼び名だけが独り歩きするという珍妙な状況が出来上がっていた。

現実的に考えれば漆黒婦人の正体は、特徴的な風貌をした熱烈なファンか、逆に嫌がらせ目的のアンチか。どちらかであろうというのが大方の見解である。

久世麗自身も当然、頻繁に写真に写り込んでいる漆黒婦人の存在は把握しているだろうが、今のところ彼女が漆黒婦人について言及したことはない。

大した問題ではないとスルーしているのか、あるいは所属事務所などに相談して水面下で対処しているのか。それはＳＮＳ越しでしか状況を把握出来ぬフォロワーサイドには分からない。

一つだけ確かなことは、初めてその姿が目撃されてから一カ月が過ぎた今日の投稿にも、漆黒婦人が写り込んでいるということだけだ。

「ウララカ、大丈夫だといいけど」

ずっと眺めているのも気味が悪いので、結は漆黒婦人が写っていない別日の投稿へとページをスライドさせた。

オカルト話など信じてはいないが、怪しい人物が頻繁に久世麗のＳＮＳに写り込んでいることは紛れもない事実。実体のない恐怖よりも、現実に存在する不審者の方がよっぽど恐ろしい。

一人のファンとして、同年代の一人の少女として、久世麗の身に何事も起こらないことを祈るばかりであった。

「ほら、そろそろ自分の席に戻りなさい」

五限の数学担当でクラス担任でもある白木数矢が教材片手に入室。話題もほどほどに切り上げ、結たちは自分の席へと戻っていった。

＊＊＊

「……ねえ結、ウララカのこと聞いた？」

「何かあったの？」

「……電車に跳ねられて死んじゃったって」

「嘘……」

久世麗が非業の死を遂げたのは、二週間後のことであった。

帰路につくため駅で電車を待っていたところ、不意にホームから線路へと転落。直後に通過した特急電車と接触。即死した。

自殺するような動機が見当たらないことから、警察では現在、事件、事故の両面から捜査を進めている。

関係者の証言によると久世麗は根を詰め過ぎるところがあり、モデル業と学業を両立させるため、睡眠時間を削って勉学に励んでいたそうだ。睡眠不足と疲労に起因した突発的な眩暈によって、不運にも電車が進入してきたタイミングで線路上へと転落した可能性が指摘されている。

一方で、漆黒婦人なる不審者が久世麗がＳＮＳ上に上げていた写真に頻繁に写り込んでいたという事実は警察側も把握しており、何者かが故意にホームから突き落とした他殺の可能性も考えられる。

人気女子高生モデルの不審死ということもあり、慎重に捜査が進められている。

第2話　偶然に決まっている

「……何、これ」

久世麗の死から一週間後。

昼休みに自身のＳＮＳを確認していた結は、先日の投稿に対して寄せられたメッセージに背筋を震え上がらせていた。

メッセージ自体は善意のフォロワーから寄せられたもので危険性はない。問題なのは指摘内容だ。

『いつも楽しく拝見させて頂いています。突然ですが先日投稿されたお写真について、決して怖がらせるつもりはないのですが、背後に奇妙な女の人が写っていたことが気になりましたので、ご報告までに――』

結はすぐさま先日の投稿を見返した。

友人たちと一緒に郊外の遊園地へと遊びにいった際の写真を、数回に分けてアップしたのだが、遊園地帰りに隣接するショッピングモールで写した一枚にそれはいた。

「……漆黒婦人」

図らずも久世麗のＳＮＳを見ているうちに見慣れてしまった、女優帽を被った特徴的なシルエット。遠目だが、結たちの背後の人混みに紛れた漆黒婦人が、確かにカメラの方を見つめていた。

表情まで読み取れるような距離ではないが、漆黒婦人は口元に笑みを浮かべていると、結は悪寒と同時に確信した。


「結、青ざめた顔してどうし——嘘っ！　これって漆黒婦人？」

スマホの画面を覗き込んだ友人の上井草有希は、両手で口を覆って後退った。一緒に写真にも写っている、結と一緒に外出した友人の一人だ。

直接の関連性は不明だが、久世麗の周辺に出没していた漆黒婦人が、彼女の死から程なくして自分たちの周辺にも現れた。気味悪さを感じずにはいられないだろう。

「これって、こないだモールで撮った写真だよね？」

「……うん。今さっきフォロワーさんから指摘が来て」

「全然気づかなかったよね」

「背後で死角だし、そもそもいるとは思わないもの……それにしても、どうして漆黒婦人が私たちの写真なんかに」

「漆黒婦人じゃなくて、似たような恰好の人がたまたま写り込んじゃっただけだよ。うん、そうに違いない」

有希は明後日の方向を見たまま、半ば自分に言い聞かせているかのようであった。

公表はされていないが、久世麗の死は殺人で、彼女の周辺に頻繁に出没していた漆黒婦人が犯人ではないかという噂が徐々に広まってきている。殺人犯とニアミスしていた可能性など否定したいだろう。

もちろん有希の言うように、漆黒婦人と似た恰好の人物がたまたま写り込んだだけという可能性も十分に考えられる。

「……だよね。偶然に決まってる。珍しい恰好だけど、まったくいないわけじゃないだろうし」

有希と同様の不安を抱えながらも、結は異なる可能性に対する懸念も抱いていた。

憧れの存在であった久世麗の訃報を耳にした日、何かの間違いであってほしいと、結はネット上で久世麗に関する情報を片っ端から調べていった。

そんななかたまたま発見してしまったのが、不謹慎ながらも久世麗の死を受け盛り上がりを見せていた、漆黒婦人の都市伝説について探求するオカルトマニアたちのやり取りである。人の死をオカルトに結びつける不謹慎さに憤りを覚えながらも、同時に内容が印象的だったので記憶に留まっていた。

ネーミングのみが独り歩きしている漆黒婦人の都市伝説の内容について、元がマイナーなだけあり情報が錯綜しているが、全てにおいて共通している点が三つ存在するという。

一つ、漆黒婦人が狙うのは若い女性で、好みが存在する。

二つ、漆黒婦人に気に入られた女性は近いうちに死を迎える。

三つ、お気に入りが死んだ場合、漆黒婦人は次のお気に入りを見つける。

都市伝説を真に受けるなんて馬鹿げていると頭では分かっていても、感情は確かに恐怖を抱いている。

お気に入りだった久世麗が死に、漆黒婦人が次のお気に入りを探しているとしたら？　そして次のお気に入りを見つけてしまったとしたら？　そう思うと、体の震えが止まらない。

「結、大丈夫？」

「大丈夫、どうせ何も起こらないよ。どうしても不安な時は大人にも相談するから」

今の時点で大人に相談しても、心配し過ぎだと一蹴(いっしゅう)されてしまうのがオチだろう。まだそのタイミングではない。

オカルトを本気で信じているわけじゃない。だけど、不審者とオカルト、二種類の不安を同時に抱え込むなんて耐(た)えられない。

ならば、オカルトに詳(くわ)しい人物に相談し、せめてオカルト方面の不安だけでも払拭(ふっしょく)したい。

——陸人(りくと)ならきっと力になってくれる。

結はオカルト方面に明るい知人に一人だけ思い当たった。

「ちょっと、結？」

善は急げと、結はそそくさと教室を後にした。

第3話　オカルトマニアな幼馴染

「陸人、相談したいことがあるんだけど」

結は、校舎裏のベンチに掛けてスマホを操作している薪辺陸人を訪ねた。陸人は突然の来訪者にも身じろぎ一つせず、マイペースにスマホの操作を続けている。

「唐突だね。恋愛相談、進路相談？　残念だけど前者ならば僕が力になれることは何もないよ。後者ならば力になれないこともないけど、生憎と僕は自分の勉強時間を削ってまで君に奉仕するような善人ではない。そもそも本格的に対策するなら同級生である僕に相談するよりも塾なり家庭教師なりを利用した方がよっぽど建設的だ」

目も合わせぬまま、一言われたら整合性も取らぬまま一方的に十返す。非常に面倒くさい男なのだが、付き合いだけは長いので結も今更気にはしない。

結と陸人は親同士が学生時代からの友人でもある、生まれた時からの幼馴染だ。

昔はよく一緒に行動したものだが、中学入学を機に良くも悪くもお互いの個性が際立ち始め、愛嬌があって華やかな結はクラスの中心に、静かな環境を好む陸人は目立たない存在へと、自然と立ち位置が変わっていった。

高校進学後にはそれがより顕著となり、結は流行に敏感なお洒落な女子グループの中心人物、陸人は目立たぬオタク風男子として、学校内での交流はほとんどない。

とはいえ、別にお互いのことを嫌っているわけではないので、一対一で会えばこれまで通り、幼馴染として接することが出来る。陸人の長台詞も久しぶりの会話ゆえの照れ隠しな面もあり、決して悪意はない。

「はいはい、まずは落ち着いて聞きなさい。陸人って、都市伝説とかに詳しかったよね？」

「都市伝説研究は僕のライフワークだからね。ネット社会となり近代的な都市伝説も随分と流布されるようになった。信憑性の有無について議論するのは野暮というものだろう。時代に順応した都市伝説が生まれゆくという事実そのものが興味深い。今期こそは都市伝説研究会設立の悲願を絶対に――」

「だからまずは話を聞いてってば。陸人に相談したいのは、漆黒婦人の都市伝説についてなの」

「漆黒婦人か。ネット界隈で話題とはいえ、君の口から都市伝説の名前が出てくるとは意外だね」

食いつきを見せたのか、陸人の態度がやや落ち着いた。

「現物を見せながら説明した方が早いよね」

結は自身がSNSに上げた写真を見せ、事の経緯を陸人へと説明した。出来れば久世麗のSNSも見せたかったのだが、彼女が亡くなってからアカウントは削除されてしまったため、手元に写真は残っていない。

説明の最中、陸人は茶々を入れずに終始真面目に聞き入っていた。

オカルト好きとしての興味はもちろん、根は善人なので困っている幼馴染を放ってはおけない。

「なるほど、漆黒婦人の都市伝説については僕も調査していたけど、まさか君の周辺にそれらしい人物が現れるとはね」

「……正直気味が悪くてしょうがないけど、この程度で大人に相談するのもどうかと思って。まずはオカルトマニアの陸人の率直な意見を聞きたいの」

「君は何て言ってほしい？」

「それは、都市伝説なんて気にする必要はないって言われれば少しは安心するけど、私が欲しいのはあくまでも率直な意見」

「所詮は都市伝説だ。少なくともオカルト方面に関してはそこまで気にする必要はないと思うよ」

「ふざけてる？　それとも気を遣ってる？」

「何も君の言葉を聞いて答えを変えたわけじゃないよ。現状では、という前提にはなるけど、オカルトマニアの見解としても、オカルト的脅威は今のところは感じない」

「そう、なの？」

「本物のオカルトなんてそうそう出くわすものじゃない。漆黒婦人の都市伝説は一切の出所が不明で情報に整合性が取れていない。何というか、凄く粗いんだよ。洗練されていない、真新しい創作の気配を感じる」

「つまり、誰かがネット上に流した作り話ってこと？　だとしたら、ウララカの周辺に漆黒婦人が出没したことの説明は？」

「僕なりの仮説を話すよ。卵が先か鶏が先かみたいな話になってしまうけど、まずは可能性一。誰かが創作した漆黒婦人の都市伝説を知った何者かが、内容を模倣し実行に移した。何なら創作者自身が実行に移したのかもしれない。

可能性二。後に漆黒婦人と呼ばれる不審者が目撃された方が先で、第三者がそのインパクトをもとに漆黒婦人の都市伝説を創作した。

久世さんの件はあたかも既存の都市伝説に類似しているかのように語られていたけど、僕が調べた範囲では、久世さんのＳＮＳに登場する以前から漆黒婦人の都市伝説が存在していたとする根拠は見つからなかった。漆黒婦人の都市伝説の方が後出、第三者が面白おかしく吹聴したなんて可能性も考えられる。

いずれにせよ、実際に久世さんや君の撮影した写真に不審者が写り込んでいたのは紛れもない事実だ。真に警戒すべきは創作の都市伝説よりも、実体ある人的な悪意の方だと僕は思うよ」

力んで陸人の仮説に聞き入っていた結は、風船から空気が抜けたかのように脱力し、よろよろと陸人の隣へと腰を落ち着けた。

「陸人に相談して良かった。そうだよね、都市伝説に怯えるなんて馬鹿げてる。これで安心出来たよ」

「安心するのはまだ早い。言っただろう。真に警戒すべきは創作の都市伝説よりも、実体のある人的悪意の方だと」

「……それはそうだけど」

「お気に入りが存在するのは怪異だけとは限らない。不審者にだってお気に入りは存在するかもしれないだろう？　事実、君は久世さんのファッションやメイクを真似る生粋のファンであり顔立ちも似ている。不審者のお気に入りが久世さんだったなら、君もまた気に入られる可能性がないとは言い切れないだろう」

「……きっと偶然だよ」

「そうだね。その可能性だって十分考えられる。だけど、もしもまた漆黒婦人らしき人物が写り込んだ際には気を付けた方がいい。一度なら偶然で片づけられるけど、二度目以降はどんどん必然へと近づいていくから」

「……怖いこと言わないでよ」

「幼馴染として君のことを心配しているからこそだよ。とにかく、用心しておくに越したことはない。親戚に刑事がいるから、僕から相談してみるよ。不審者が暗躍しているとすればそれは、オカルトマニアではなく警察の領分だからね」

結とて分かりやすい形で危険が近づいている可能性を考えていなかったわけではない。陸人の現実的な指摘により、改めてそのことを認識した。

それでも、一人で不安がるよりもよっぽど状況は改善したと言える。

オカルトマニアである陸人の仮説によってその方面の恐怖は薄れたし、不審者にしても、一度の写り込みなら偶然で片づけられる可能性もある。そのうえ、陸人経由で刑事とつながりが持てるというのなら鬼に金棒だ。

これ以上悪い状況にはなるまいと楽観視する程度には、結は落ち着きを取り戻しつつあった。

「小町、薪辺、もうすぐ昼休みが終わるぞ。そろそろ教室に戻りなさい」

二階の廊下を通りかかった担任教師の白木数矢が校舎裏に二人の姿を見つけ、窓枠越しに声をかけた。あと五分で昼休みが終わる。移動時間を加味すればそろそろ戻るべきだろう。二人は素直に「はい」と返答し、校舎裏を後にした。

第4話　気に入られてしまった

「……嘘だと言ってよ」

楽観虚しく、偶然では終わってくれなかった。

異変が起こったのは陸人への相談から一週間後。

陸人の助言もあり、下手に気張らず普段通りの生活を送っていた結だったが、休日の夕暮れ時、愛犬との散歩中にＳＮＳなど関係なしに、何気なく撮影した河原の写真に、対岸に佇む漆黒婦人らしきシルエットを発見してしまった。逆光で全容が掴みにくいが、特徴的な女優帽の形状がしっかりと見て取れる。

「二度目となると偶然とは考えにくいわね」

その日のうちに、結は陸人の家で彼の親類だという女性刑事、黒野美子と対面した。

美子はストレートの黒髪と色白な肌が印象的な長身の美女だ。モデルでも通用しそうなルックスで、このような異常事態でなければ、結も積極的に美の秘訣について尋ねていたところだろう。

事情は陸人を通して伝わっており、もしまた周辺に不審者が現れた際はすぐさま連絡するように言いつけられていた。仕事終わりだったということで、美子はすぐに相談に乗ってくれた。

「ウラ……久世麗さんの周りに現れていたのと、同一人物なんでしょうか？」

「その可能性は高いと思う。一部ネット上などで騒がれているとはいえ、久世さんの周辺に不審者が出没していたという事実はあまり知られていない。第三者による模倣とは考えにくい以上、久世さんの死と何らかの関係がある可能性がある。この件は正式に上にも報告しておくわ」

「噂されているように、やはり彼女の死には事件性が？」

「近くにいた人たちの談として、彼女の落ち方、どうも不自然だったようなの。眩暈でふらついたというよりも、背後からの衝撃で突然バランスを崩したようだったって」

「つまり、誰かに突き飛ばされた？」

首を縦に振って肯定する美子の表情は渋面だ。

「ただ、久世さんが突き飛ばされた瞬間を目撃した人はいないし、防犯カメラにも決定的な瞬間は映っていなかった。もっとも、仮に彼女を突き飛ばしたのが例の不審者だったとして、殺人を実行に移そうとする時にまで、あの目立つ恰好をしていたとは考えにくいけども」

「……確かにあの恰好だったら、絶対に誰かが目撃しているはずですよね」

「もちろん警察としても出来る限りのことはするけど、結ちゃん自身も十分注意してね。写真に写り込んだ漆黒婦人の姿に囚われては危険よ。怖いことを言うようだけど、不審者は平凡な通行人として近づいてくるかもしれないから」

「はい」

分かりやすい恐怖よりも、忍び寄る恐怖の方がよっぽど恐ろしい。

結も普段は移動の足に電車を利用している。久世麗のような目に遭わない保証などどこにもない。不審者が往来に溶け込むような平凡な風貌をしていたなら、それを警戒するのは至難の業だ。

今になって思えばツバの広い女優帽というアイテム自体が本質から目をそらすための巧妙な手口だったのかもしれない。口元以外の表情が隠れるうえに、風貌にばかり目がいき、身体的特徴にまで意識が向きにくい。


「状況が落ち着くまでは、なるべく一人では行動しないことをお勧めするわ。お家も近所だし、リクもなるべく一緒にいてあげて」

「まあ、それなりにね。最初に相談を受けた者として、知らぬ存ぜぬでは恰好がつかないし、都市伝説にかこつけて悪行を働こうとする者は、一人のオカルトマニアとして許しがたい」

「ありがとう、陸人」

友人の有希たちとは家の方角が真逆なので、帰宅中は一人になることが多い。陸人が一緒に行動してくれるというのは素直に心強いし、口では理屈を並べながらも、幼馴染の身を案じてくれることが何よりも嬉しかった。

「大丈夫よ。結ちゃんに直接の被害が及ぶ前の解決を目指すから」

美子の心強い言葉をもって、この日の相談はお開きとなった。

結の周辺に現れた不審者についても警察が本格的に捜査を進める。

これ以上、状況が悪くなるはずなどないと、誰もがそう信じていた。

＊＊＊

「結、最近よく薪辺と一緒にいるけど、あんたたちってそんなに仲良かったっけ？」

「言ってなかったっけ？　陸人とは幼馴染で家も近いんだよ。ほら、最近なにかと物騒だからボディーガード的な」

「とかいって、本当は放課後デートなんじゃないの？」

美子に相談してから一週間。今のところ結に危害は及んでいないが、同時に捜査の方にも大きな進展はない。良くも悪くも状況に変化はなかった。

　それでも、見回りに当たってくれている警察官や登下校に付き添ってくれる陸人の存在が心強く、休み時間に有希と談笑を交わす程度には、結は平常心を維持出来ていた。

「今も昔も陸人とはそういうのはないよ。昔から知っているからか、あまり異性としては意識したことはないんだよね」

「ふーん。まあ確かに、色っぽい関係には見えなかったかな。けど、ボディーガードならボディーガードで少し頼りなくない？」

「人を見かけで判断したら駄目だよ。陸人、小さい頃から空手を習ってて、ああ見えても黒帯だよ」

「マジで？　正直、ただのオタクだとばかり思ってた」

　素で驚き、不躾全開で有希はあんぐりと口を開けていた。

「あっ、アップした写真にコメントついてる」

　驚きもそこそこに、有希は通知音に気付き、スマホの操作を開始した。

　笑顔の有希とは対照的に結の表情は渋い。漆黒婦人が写り込んでからというもの、怖くなって一度も写真を撮らず、ＳＮＳも更新していない。それゆえに漆黒婦人の動向が掴めなくなっている部分もあるが、一時の安寧に縋りたいのもまた、人間らしい感情というものだ。

しかし、この判断が必ずしも正しかったとは限らない。

SNSの休止は結に一時の安寧をもたらすと同時に、漆黒婦人にとっては自己の存在をアピールする場を失ったことを意味するのだから。

これから何が起こるのか。

それを知るのは漆黒婦人と呼ばれる件の人物だけだ。

第5話　漆黒婦人がやってくる

夕暮れ時。それぞれ委員会活動で普段よりも帰りが遅くなっていた結と陸人は、一緒に帰るために教室で待ち合わせをしていたのだが、

「新辺、帰り際に申し訳ないが、職員室まで来てくれないか」

と、結の待つ教室に入る直前、陸人は担任教師の白木数矢に呼び止められた。その様子は結の方からも窺い知れたので、「気にしないで行ってきて」と小さく頷いた。

「教室で待ってて」

そう言って教室前を後にしたまま、陸人は戻ってこなかった。

「……遅いな」

三十分が経過し、日も完全に落ちてしまった。職員室に呼び出されている相手に連絡を取るわけにもいかず、やきもきする。

「ああ済まない。そういえば薪辺は小町を待たせていたんだったな」

申し訳なさそうに苦笑しながら教室に入ってきたのは陸人ではなく、彼を呼び出した白木の方であった。

「先生、陸人は？」

「実は薪辺のお母さんが出先で事故に遭って病院に運ばれたんだ。さっき薪辺を呼びにきたのもその件でね」

「おばさん、大丈夫なの？」

「緊急手術だと聞いている。詳細は手術が終わってみないと何とも。小町も知っての通り、薪辺のお宅はお父さんが単身赴任中だからね。すぐに駆けつけられるのは薪辺しかいないから、急ぎタクシーで病院へ送り出してやったんだ。小町にも伝言してほしいと頼まれていたのだけど、別件でバタバタしていて伝えるのが遅れてしまった。本当に申し訳ない」

「……そんなことになってたんだ。陸人ももう学校にはいないんだね」

「事情は僕の方でも聞いている。仕事が終わってからでもよければ、僕が家まで送っていこうか？」

「心配してくれてありがとう先生。けど、まだそこまで遅い時間ってわけじゃないし、一人でも大丈夫」

「そうか。だけど、十分に注意するんだよ」

「うん、分かってる。また明日ね、先生」

白いリュックを背負い直し、結は足早に教室を後にした。

＊＊＊

「……やっぱり、それどころじゃないよね」

家路についた結は駅までの道すがら、おばさんの容態を確かめるメッセージを陸人へ送ったのだが一向に返事はない。病院で母親に付き添っているとなると、スマホを確認している余裕などないだろう。状況は気になるが、返事がないのも仕方がない。

スマホをしまいかけて結はふと、親戚である美子はこのことを把握しているのだろうかと気になった。

陸人が他の身内への連絡まで気が回っていない可能性もある。余計なお世話かとも思ったが、こちらから美子にも一報を入れておくことにした。

教えてもらっていた電話番号へと発信。仕事中で出られないかなとも思ったが、六コールで美子は電話口へ出た。

『結ちゃん、どうかした？　もしかして周囲で異変が？』

「いえ、私のことではないのですが、陸人のお母さんが病院に運ばれたと聞いたもので」

『伯母さんが？　いつの話？』

「学校に連絡があったのが四十分くらい前です」

『おかしいわね。だってつい二十分前に、伯母さんから私にメールが届いたわよ？　週末に焼き肉をするから時間があれば食べにこないか、なんて平和な内容だったし、とても病院に運ばれたようには』

「……変ですね。担任の先生は確かにそう言って――」

不意に背後から射した影に結の表情が凍り付く。シルエットの頭部に、特徴的な女優帽の形が見て取れたのだ。

体を震わせながら、恐る恐る振り返ってみるとそこには、黒いドレスに黒いケープを羽織り、深々と黒い女優帽を被った漆黒婦人が立っていた。

色白な肌には、狂気を孕んだ釣りあがった笑みが浮いている。


「……漆黒婦人？」

『結ちゃん！　どうしたの、結ちゃん――』

漆黒婦人が強引に結の手からスマホを奪い取り、通話を強制的に断ち切ってしまった。恐怖に体が弛緩し、結はその場にへたり込んでしまう。

現在地は大通りからは外れた住宅街へと続く小路。人通りはないが、近くには明かりの灯った民家も多く、助けを呼ぶことは可能だ。

恐怖を振り切り、結は大声で助けを求めようとするが。

「駄目だよ叫んだら。君と僕だけの時間が台無しじゃないか」

「かっ――」

しかし、漆黒婦人が大きな手で結の喉を締めた。その手は女性ではなく男性のものだ。長身も、男性だったというのなら決して特徴と呼ぶほどではなくなる。

そもそも漆黒婦人という名称はその風貌から付けられたもの。婦人と呼ばれているから女性であるというのは、先入観以外の何物でもない。

卵が先か鶏が先かと陸人も言っていたが、そこまで計算したうえで犯人は漆黒婦人という蓑を被ったのだろう。

「……どうして、あなたが」

写真越しでも遠目でもない、間近で確認した漆黒婦人の顔は、結もよく知る人物であった。毎日のように耳にしている声も、聞き間違えるはずがない。

「……先生」

「小町、どうしてSNSの更新を止めてしまったんだい？　僕はもっと君と一緒に写真に写りたかったのに」

黒いドレスとケープ、女優帽を身に着けた白木数矢は結の喉を締めたまま、淀んだ瞳を近づける。顔と顔とが、吐息がかかるほどに近い。

「麗がいなくなってしまった今、僕にはもう君しかいないんだ。僕がこれから君をもっと美しくしてあげる。さあ、一緒に行こう」

「……誰か……助け――」

結の意識が薄れかけたその時、

「お返しします」

「がっ！」

真横から強烈なタックルを受けて白木が転倒した。首を解放された結はせき込みながらも必死に顔を上げる。

「……陸人」

「……ボディーガードとしての役目は果たさないとね」

駆けつけた救世主は陸人であった。頭部から流血し、その影響か体がふらついている。

「……薪辺、気絶させたはずなのに」

「……人を見かけで判断しない方がいいですよ。僕、これでも武闘派で体も頑丈なので」

とはいえ、血を流している状態での長期戦は不利だ。決めるなら今しかないと、白木が立ち上がったタイミングを狙って陸人は速攻で仕掛けた。

「少し眠ってなよ。漆黒婦人」

「あがっ――」

白木の顔面に体重を乗せた強烈な右ストレートをお見舞い。ノックバックした白木は仰向けに倒れた。

「陸人！」

体は限界だったのだろう。拳を振るった勢いで陸人も転倒しそうになるが、慌てて駆け寄った結が抱き留めたことで、地面へ体を打ち付けずに済んだ。


「陸人、一体何がどうなっているの？」

「……白木に呼び出された後、突然背後から頭を殴られてね。意識を失った後、どうやら用具箱に閉じ込められていたらしい。君と僕を分断する策だったんだろう」

「……だから陸人は病院に向かったなんて嘘を」

「……道中、警察や救急には連絡をしておいた……すぐに――」

「陸人、ちょっと陸人！　しっかりして！」

今の結に出来ることは、救急車が到着するまでの間、脱力した陸人に必死に声をかけ続けることだけであった。救急車かパトカーか、あるいは両方か。闇夜を貫くサイレンの音はまだ遠い。

第6話　そして

その後の捜査で、久世麗、小町結の周辺に出没していたのは高校教諭、白木数矢であると断定された。

久世麗は白木が以前勤務していた学校の教え子であり、美しい久世麗に対し、白木は憧れのような感情を抱いていたという。

しかし、純粋な憧れは次第に歪み、どのような形でもいいから久世麗の気を引きたいという思考が芽生える。そこで白木が目を付けたのが、ネット上で誰かが創作したと思われる漆黒婦人の都市伝説だった。

これは捜査の過程で初めて明らかになった事実であるが、久世麗にはオカルトマニアとしての一面があり、ＳＮＳ上にはオカルト話用の個人アカウントを有し、都市伝説の知識に明るかったそう。ファンではなく、元担任としての立場から、白木はそのことを知っていたのだろう。

ＳＮＳに頻繁に写り込む漆黒婦人の存在が久世麗にとって、一人の少女としての恐怖の対象だったのか、オカルトマニアとしての好奇の対象であったのか、それは定かでないが、いずれにせよ、漆黒婦人が彼女の中で存在感を発揮していたことは間違いない。

気をよくした白木は頻繁に写真へと写り込み、よりいっそう漆黒婦人として自身の存在をアピールし続けた。これが、久世麗の周辺に不審者が出没していたことの真相だ。

だが、突如として久世麗は非業の死を遂げた。憧れの存在を喪い失意のどん底にいた白木が次に目を付けたのが、久世麗と似た雰囲気を持つ彼女の熱心なフォロワー、自身の教え子でもある小町結であった。

久世麗の時と同じ方法で自身の存在をアピールしていこうと考えた白木であったが、恐怖を感じた結はＳＮＳの更新を中断。結果、白木はその機会を失い、漆黒婦人の恰好で結に直接襲い掛かるという暴挙に出た。

逮捕後、白木は素直に取り調べに応じているが、一部犯行を否認しており、慎重に裏付け捜査が進められている。

＊＊＊

結は頭部の負傷で入院した陸人の病室を訪れていた。

幸いにも命に別状はなく、検査の結果、脳にも異常は見当たらなかった。重傷に至らず済んだのは不幸中の幸いだ。

結も痕を隠すために首に巻かれた包帯が痛々しいが、負傷の程度は軽く入院はしていない。

「助けてくれてありがとう。陸人がいなきゃ、今頃どうなっていたことか」

「一応はボディーガードだからね。それに、一人のオカルトマニアとして、都市伝説を犯罪に利用しようとする手合いを許せないという気持ちもあった」

照れ臭いのか、陸人は結から視線を逸らそうとするが、頭部に痛みが残っているためか上手くいかない。結局は顔を逸らすのを諦めた。

「頭部からの出血は派手だからね」

「大事にならなくて良かった」

＊＊＊

「転落時の状況から久世麗は何者かに突き落とされた可能性が高い。いい加減に認めたらどうだ？」

「あれは僕ではありません。憧れの対象を殺害してしまっては元も子もないでしょう」

取り調べに対し、白木は刑事から一切目を逸らさず、淡々と言葉を返していた。

漆黒婦人の服装で二人の女子高生の周辺に出没していた事実は認めた白木であったが、肝心の久世麗の死や、一部の写真は自身の仕業ではないと、一貫して供述していた。

「少しいいですか」

別の刑事に呼ばれ、取り調べをしていた刑事は席を立った。

「……白木のアリバイの裏が取れました。久世麗の死亡時刻に白木は、窃盗事件を起こした生徒の身元引受に立ち会うため、他でもないこの警察署を訪れています。アリバイは完璧です」

「……何だと」

「それに加え、久世麗の美容室帰りと、小町結がショッピングモールにいた時刻にも完璧なアリバイがあります」

予想だにしていなかった展開に困惑が広がる。

「……白木、お前の犯行でないというのなら、一体誰の仕業なんだ？」

「……ひょっとしたら、漆黒婦人の仕業かもしれませんよ？」

「ふざけているのか？」

「滅相もない。ただ、僕に漆黒婦人の都市伝説を教えてくれた方が言っていたのですよ。噂は独り歩きする。それは一般的には比喩表現だが、都市伝説の類に関してはその限りではない。時折、本当に自分の足で歩き出すとね。僕がそれらしい恰好で活動したことで、漆黒婦人のイメージも随分と固まった。もしかしたらどこかで、噂が本当に実体を持ってしまったかもしれませんよ」

＊＊＊

陸人の見舞いを終えて帰路についた結は、通知音を聞き鞄からスマホを取り出した。どうやら友人の有希がＳＮＳを更新したらしい。

一連の騒動でＳＮＳからしばらく離れていたが、これでまた安心して再開出来そうだ。溜まっていた有希の投稿を確認していく。

「えっ？」

有希の投稿した最新の写真を見て結は絶句した。自宅マンションのベランダから撮影したと思われる風景写真の中に、女優帽を身に着けた漆黒婦人らしきシルエットが確認出来たのだ。白木は勾留中の身。この漆黒婦人は白木ではない。

嫌な予感がし、結はすぐさま有希のスマホへと発信した。たまたまそういった服装の人物が写り込んだだけならばよいが。

『どうしたの、結？』

「有希、投稿を見たんだけど、変な人が写っていない？」

『変なって？』

「……漆黒婦人」

『もう、冗談はやめてよ。白木先生は捕まって、事件は無事に解決でしょう？』

「……そうだよね」

異様な事件に巻き込まれ、神経質になっていたのだろうと結は自分を戒めた。もう事件は終わったのだ。今更漆黒婦人が現れるはずがない。

前に陸人が言っていた。一度なら偶然、二度目以降はだんだんと必然へ近づいていくと。

たった一度のこと、きっと偶然に違いない。

いや、本当にこれが一度目だろうか？

「ねえ有希、ショッピングモールで私の後に、続けて有希のスマホでも写真撮ったよね？」

『うん、あたしもあの日写真を撮ってそのままＳＮＳに上げたよ。今になって思えば怖いよね。後ろに漆黒婦人の恰好をした白木先生が写っていたなんて』

悪い予感が加速していく。今回のことは一度目ではない。二度目だ。


「今どこ？」

『家だよ。写真を撮ってそのままベランダ……えっ、誰？』

突然、電話越しの有希が困惑に声を上ずらせる。

すると続けて、第三者の声が電話越しに結の耳へも届いた。

『アナタ、ワタシノコノミ』

その声には抑揚がなく、感情が上手く読み取れない。根源的な恐怖に直接訴えかけてくるような、寒気を催す不気味な声だ。

『モットチカクデ、オカオミセテ』

『……い、嫌……来ないで』

「有希、どうしたの、有希！」

電話越しに必死に呼びかけるも、有希の意識はすでに、電話越しの結よりも、目の前に迫った恐怖の方へと向いていた。

『漆黒——いやあああああああああああああ——』

「有希！　ちょっと有希！」

数秒のタイムラグの後、有希の体が地面に叩きつけられる音と短い呻き声が届いた。一緒に落下した有希のスマホは破損しながらも辛うじて通話状態を継続。ノイズ交じりに音声を拾い続ける。

『ツギハアノコニシヨウ……』

不気味な呟きを最後に、スマホの通話は途切れた。

ポイントがゼロになったら死にます

著　響(ひびき) ぴあの

ねがいをかなえるという「ねがいの館」をご存じですか？

インターネット上に存在するという架空のお店で、扱う品物は「ねがい」です。

金額について心配には及びません。無料ですから、お金がなくても大丈夫です。

どなた様も、年齢性別関係なく、お店に出会うことができたのなら、利用することが可能です。

ねがいの館は、ＳＮＳで困っている人を見つけ出し、助けるという事業を主に行っております。

誰も館主の本当の正体はわかりません。年齢不詳、本名も不明です。

いつからこのお店をやっていたのかどうかも、誰も知りません。

神か悪魔かそれとも魔法使いなのか、敵か味方かその正体は一切わからないのです。

さて、今宵のお客様は、気の弱そうな高校生の男子です。ＳＮＳの片隅でＳＯＳを発していました。

誰かに話を聞いてもらいたい、そんな夜もあるでしょう。どうやら自殺願望があるようなのです。

＊＊＊

俺は、高校3年生。もう死んでもいい。いや、死ぬしかないのだ。人生に絶望した俺は、死を求めていた。

どうやって死ぬか？　そればかり考えていた。

おかしなことかもしれないが、それまでにどうやって生きてきたとか、誰かとの楽しい思い出はどうしても浮かばなかった。

それほど俺の人生は暗く寂しいものだったのかもしれない。俺の存在が誰かの役に立ったこともないし、今後も役に立つとは思えない。

要するに、希望がないのだ。絶望のみなのだ。

『あなたのねがいかなえます』という風変わりな書き込みがある。

人生の不平等さと生きづらさに疲れていた。人より秀でたものはないし、がんばってもいつも底辺に位置している俺は落ち込んでいた。

母親も亡くなり、孤独と絶望で押しつぶされそうになった俺は、ねがいの館という人のもとに『死にたい』と書き込みをしてみた。

冗談ではなく、本気だった。

『あなたは死にたいと書き込んでいましたよね？　どのような死に方をお望みですか？』

こうなったらネット上で、人生最後の会話をしてみよう。どこかで人間というものは救いを求める。

まるで少年漫画の危機一髪のシーンのように、ヒーローが目の前に現れるかもしれない期待をみんな持っているのではないだろうか。

死ぬ前に誰かに声を掛けられたい、誰かと言葉を交わしたい。俺はどこかでそんな淡い希望を持っていた。

俺はやはり何かを成し遂げてから死ぬべきなのではないかという葛藤にも気づいていた。

ただ消えたいと言葉に出すだけで、自己満足の極みだったのかもしれない。

勇者に会ってみたいと幼い頃に思っていた。絶対に折れない正義の心を持った最強の勇者にだ。

大人になりつつある俺は勇者でも悪者でもなく、何もかもが普通以下の弱い人間となっていた。

俺にとっての勇者になるかもしれない、正体がわからない誰かと文字で会話をはじめてみた。

『おまえは殺し屋か？　俺は、死にたいけれど、殺されたいわけではない』

俺は断った。

『死ぬ前に何をしたいのですか？　あなたのねがいをかなえるだけで、殺すわけではありません。もちろん、料金は無料です』

『死ぬ前に無料でやりたいことをかなえてくれるっていうのか？　でも、それで死ぬことができるのか？』

『ねがいがかなえられるとポイントが減少しますので、ポイントがゼロになるとあなたの心臓は止まってしまいます』

『ポイント？　ポイントはどのくらいあって、ひとつのねがいでどれくらいなくなるんだ？』

なんだか命をポイントで語られると妙に腹が立った。

捨ててもいい命だと思っていても、やはり自分を愛する気持ちはどこかにあるのかもしれない。

『今、あなたは１０００ポイントほどありますが、ねがいの大きさによって消費されるポイントは違うので、使いたいときに聞いていただくと、ねがいをかなえる前におおよそのポイントは教えます』

『じゃあ、ねがいをかなえてくれよ』

俺は、誰かに聞いてほしかったのかもしれない。

俺の心の内側の煮えたぎるような苦しみとか葛藤とか、そういったものを吐き出して、楽になりたかったのかもしれない。

そうしたら、浄化された状態であの世に行けるような気がした。

『俺の話を聞いてくれる彼女がほしい。どうせならば美少女がいいな』

『彼女のポイントは200ポイントですが、よろしいですか？』

館主がメッセージを送ってきた。

『彼女とポイントを交換するよ』

俺は、迷うことなく、ポイントを彼女に交換した。

翌日、俺好みの女の子が突然現れた。ロングヘアーの黒髪で、優しそうな美しい少女だった。

歳は同じくらいに見えた。

「派遣された、かぐやです」

家の近くの公園のベンチで話をしてみた。かぐやは一生懸命話を聞いてくれた。彼女の相槌に救われた。

俺は久しぶりに幸福で満たされた。友達がいない俺に、はじめての友達ができたような気がした。


俺は身の上話を他人にはじめて語った。


「俺は、母子家庭で育って、裕福じゃないけれど、平凡に暮らしていた。

ガキの頃からいじめられっ子で、勉強も運動もできない。はっきり言ってとりえはない。

奨学金をもらって、地元のぱっとしない高校に進学したけれど、大学に行くほど頭もよくないし、就職活動も散々で、人生を否定された感じかな。

1年ほど前、唯一の身内である母親が死んでさ。わずかな貯金と親の入っていた保険でなんとか生活しているよ。

この先、仕事のあてもないし、奨学金も返せないかもしれない。人生の負け組だよ」

静かに、彼女は聞いてくれた。優しい声だった。

とはいっても、俺は誰かと比べられるほど女子と話したことはないけれど……。

「私も身内がいないから、わかります」

かぐやは答えた。

俺は彼女の領域に入らないように接していたので、彼女に色々なことを深く聞かないようにしていた。

しかし、俺は彼女がなぜ彼女という役割をしているのか、どの程度彼女としての行動をしてくれるのか、とても気になっていた。

でも、それを聞くこともできず、どうでもいい話をして帰る。そんな日が何日か続いた。女性に拒否されないという現実がとても充実していた。

＊＊＊

「日曜日に出かけないか？」

彼女を思い切って誘ってみた。すると――

『デートをするならば100ポイント減少します』

とSNS経由で俺のスマホにメッセージがあった。一体どこから見ているのだろう？

まさか、かぐやが報告しているのか？　でも、彼女はスマホを持っている様子もない。しかも、俺が言葉を発した直後だ。

ずいぶん早いな、と思いながら『了解』と返事をした。俺は、100ポイント程度でデートをできることを安く思った。

日曜日に一緒に出かけたが、彼女の存在は他人の目には見えないことが判明した。

映画を観ても遊園地に行っても、彼女は見えないので鑑賞料も入園料もかからない。

存在しない人と話すことは、むしろ気楽だった。彼女は俺に危害を加えないし、とても平和だった。

話すことがなくなっても、沈黙すらも気まずくはない。

見えない人と話をしている俺は、はたから見たらおかしな人かもしれない。

でも、人にどう思われようと、この時間はとても心地よいものだから手放したくはなかった。

彼女の体は透き通っているため、手を触れることもできない。もちろんあちらの意志で何かに触れることもできない。

彼女は、痛みとかケガとか暴力には無縁な人だ。

そして、あまり感情を見せず、正体もわからない謎の少女は、俺の孤独を埋めてくれる唯一の存在だった。

俺は今まで人と本気で付き合えていなかった。でも、危害を加えてこないこの少女は癒しになった。

彼女の前では、自分らしくいられたし、格好をつけることもしなかった。不思議な存在に荒んだ心が助けられたように思った。

「このまま俺が死ななければ、ずっと付き合ってくれる？」

「もちろん。そもそも私、人間でもないですし」

「それは、幽霊ってこと？」

「いえ、私は生神です。死神の反対にあたる存在です。元々は、昔話のかぐや姫をしていましたが、今は死にたいと思っている人に寄り添う仕事をしています」

「昔話か……どこかに、桃太郎とかもいるってこと？」

「えぇ、桃太郎などメジャーな昔話の登場人物は、今は神様のお仕事をしています」

「じゃあ、あの館主は神様ってこと？」

「あの方は神の一人ですが、悪魔のようなこともする冷血な人だと聞いてます」

「竹取物語……教科書に載ってたな。信じられないけど、君が言うなら——8割は信じるよ」

「あとの2割は信じてくれないのですか？」

「君は謎だらけだし、君が俺をどう思っているかわからないから、多少警戒はしているよ」


少し意地悪く言ってみた。彼女は少し悲しそうな顔をした。

かぐや姫という人は美人で求婚する男が皆、悲惨な目にあったという話を教科書で読んだことがある。


いわゆる悪い女なのかもしれないと不安に思った。

彼女がかぐや姫かどうかもわからないけれど、ここにいる「かぐや」は高飛車ではなく、とても優しい。

得することも損することもない無益な嘘をつくとは思えなかったので、心の中ではかぐやのことを信じていた。


「君はいつまでここにいるの？」

「わかりません。あなたが必要としてくれる限りおそばにいます」

俺の中で探求心が生まれた。

「なぜ、ねがいの館なんて作ったのだろうね？」

「大昔から館はあったそうです。それによって、幸福になった人も不幸になった人もいるそうです」

「君は歳をとらないの？」

「ええ、この世に生存しているわけではないので、ずっと見た目は変わりません」


それにしても不思議な話だ。

この事実を公表したら、すごいことになるだろうけれど、彼女は俺にしか見えないから、誰も信じてくれないだろう。

きっと館も彼女もこの世には実在しないものなのだろうと解釈していた。

＊＊＊

「今夜寝るとき話し相手になってくれないか？」

俺は勇気を出して、提案してみた。一世一代の提案だ。

「かまいませんが、私には触れられませんよ」

少し戸惑った彼女は、かわいらしい。

その直後、ＳＮＳを通じて連絡があった。


『一緒に寝るには１００ポイント必要です』


やはり、今回もすぐに連絡があり、本当に近くで館主が聞いているのかと不気味に思ったが、、１００ポイントなんて安いものだ。

そして、俺はすぐに『了解』の返事をした。命の重さも考えずに……。

一緒に寝るといっても、彼女と話す場所が布団の上というだけで、普段と状況が変わることはなかった。

夜になると寂しさに襲われる虚無感は、彼女のおかげでその夜はなかった。

修学旅行の夜のように、俺は語る。

俺はこんなにおしゃべりだっただろうか。途端に彼女にとても触れたくなった。

それは本能なのかもしれないし、深く眠っていた欲望だったのかもしれない。

でも、俺は彼女に触れることも抱きしめることもできない。香りも感触もない、まさに幽霊のような存在だった。

でも、きれいな顔がすぐ目の前にあった。

俺は、はじめて彼女の前で自分らしさを失ったように思う。彼女に俺のぬくもりを伝えたくて、抱きしめるふりをした。

彼女は冷静だった。彼女はいつでも優しく接してくれた。となりで添い寝をしてゆっくり夜を過ごす。

そして、夢の世界にいざなわれる。

俺は彼女に対して愛着を持っていた。彼女がいなければ、また独(ひと)りぼっちだ。

「私は、ずっと一緒にいます」

と彼女はささやいた。

俺は触れられない彼女と一緒に眠った。

それからも時々、俺は彼女と眠ることにした。

ずっと寂しい気持ちだったのだが、生きる希望が見えてきた。それが生神の力なのか？

俺が彼女に自分の本心をさらけ出しても、彼女は受け入れてくれた。

それが恋愛(れんあい)なのか何なのかは俺にはわからなかった。

でも、いつも寄り添ってくれる彼女は、今の俺には最高の存在だった。

優しい少女と過ごす時間を楽しく思うのは仕方のないことだった。

＊＊＊

高校を卒業する前の春休みは長い。

春休みに入る頃、俺は母方のおばあちゃんの家があった田舎町に行きたくなった。

子供の頃に行った町が懐かしくなったからなのかもしれない。


あの頃は、とても楽しい毎日だった。

夏休みにはセミの声、ひまわりの花、入道雲に青い空、川遊び、盆踊り大会……全てがきらきらした宝石のごとく光っていた。

おばあちゃんの愛は深く、安心できるものだった。

もうおばあちゃんは生きていないけれど、あののどかな町が好きだ。

あのセミの声が聞こえた日差しのまぶしい夏休みに戻りたかったのかもしれない。


かぐやと一緒に行きたい。そう思って、彼女に提案したところ、

『旅行に行くには１００ポイント必要です』

というメッセージがスマホに表示された。

なにやら、課金制のようなシステムに背筋が凍ったが、最初で最後の旅行だ。

100ポイントなんて安いものだ。もちろん『了解』と返事をした。

おばあちゃんの家があった町は電車で二時間ほど揺られると到着する距離だった。

早朝に出発して、日帰りで帰ろうと思った。

電車に揺られる時間さえ、これから冒険が始まる幸せな時間に感じられた。

電車の音、すぎゆく景色は俺の心の中の白黒の色を鮮やかに変えてくれそうだった。

隣にはかぐやがいる。自分の家族みたいだ。だからより一層、幸せに感じているのかもしれない。

駅に着くと、懐かしい駅舎は今でも昔のままで安心した。

樹木が発する澄んだ空気の香りと田園が広がるこの田舎町は、俺のふるさとのように感じていた。

ふるさとは心のよりどころなのかもしれない。都会は便利だけれど、ここに来るとほっとする。

誰もが抱く心情だと思う。人間とは勝手気ままな生き物なのだろう。

今は春だから、日差しは柔らかくあたたかい。


まずは、今はもう取り壊されたおばあちゃんの家があった場所に行くことにした。

途中、よく遊んだ河原や雑木林があって、一つ一つが自分の心の中のアルバムにある景色だった。


夏祭りの盆踊りが開催されていた広場が見えた。全てが懐かしい。

夜店でりんごあめやわたがしを買って食べたこと。花火をしたこと。朝顔が朝露を残したまま開花していたこと。

入道雲の下で汗だくになって遊んだこと。夕暮れのセミの鳴き声が心地よかったこと。

祭りのあとの広場がやけに静かだったこと。おばあちゃんの手作りの梅干しの香りに夏を感じたこと。

すいかがすごく甘くて、種を庭に飛ばしながら食べたこと。庭に落ちたすいかの種から芽が出たこと。

夕暮れ時はこうもりが空を飛びまわっていたこと。

冬休みに来たときは、おばあちゃんと雪遊びをした。雪うさぎを作って、南天の実をうさぎの赤い目としてつけた。

おばあちゃんと遊んだ冬の思い出はあたたかい。しかし、空気は冷たく凍っていた。頬が痛くなるほどの冷たさを思い出す。

あたり一面白銀で、しんとした風景を思い出す。まるで今日の日差しのようにあたたかく柔らかで優しい記憶。

広場は祭りのあとのように誰もいない。

俺の記憶が今の俺を形成している。これはまぎれもない事実だ。

記憶という存在は不思議だ。忘れていてもどこかで覚えている。人格を形成する素となるのだ。

あのとき、俺は子供だった。

今もまだまだ幼いけれど、少しばかり知恵がついたせいか、現実を知ったせいか、俺は現実から逃げ出すことばかり考えていた。

現実は残酷で、生きれば生きるほど世の中の厳しさ、大変さを知っていく。それは決して楽しいことではない。


夕暮れ時に感じた不安な気持ちを思い出した。みんなが帰ってしまったあとの寂しい、取り残されたような気持ちだ。

無意識の中で、おばあちゃんといたときの安心感をずっとしまっていたような気がする。


忘れていた記憶が風と共に蘇る。ここの空気は心地いい。

もしかしてここへ来ることは必然だったのかもしれない。

どうしようもない俺のために、この町は待っていてくれていたのかもしれない。

すぐそばにかぐやがいる。俺は孤独を感じることはない。

かぐやを見つめると彼女も俺を見上げる。

視線と視線が交差する瞬間は、とてもくすぐったい。

おばあちゃんの家は取り壊されて、空き地になっていた。土地は売ってしまったが、新しい家は建っていない。

なぜか少しほっとした。自分の所有物のように感じているのかもしれない。


子供の頃の思い出は心の中にしまって、これから社会に出ていこう。

ちゃんと生きよう。なんだかそう思えた。

「この町、いい香りがします」

「だよな」


古い商店が今もやっていて、昔からあるベンチがそのまま置いてあった。

形あるものはいつかはなくなるものだ。でも、俺の中にちゃんと残っている。

この町の風も、香りも空気も変わっちゃいない。季節の香りがするこの町は、今でも優しく包んでくれた。


変わったのは、成長した自分なのかもしれない。もう小学生ではないし、家族はいない。

あの頃知らなかった世の中の厳しさも少しは理解している。

変わったのは俺で、田舎町はそのまま時間が止まっているように感じた。

だから、時間が止まったこの町に足を運んでみたかったのかもしれない。

俺はすっかりポイントのことを忘れかけていた。

そして、静かな幸せの中にいたのだ。まさか彼女がいなくなるとは、このときは想像もしていなかったんだ。

＊＊＊

日常の中で、彼女への愛が心の中で生まれたと感じていたとき、かぐやが消えた。

おかしい。いくら呼んでも返事がない。俺は焦った。

『彼女が消えた』

ＳＮＳでねがいの館に連絡してみた。すると――

『残念ですが、そろそろポイントがなくなってきたので、彼女は返却してもらいました』

　という返事が来た。

『いくらでもポイントをつかってかまわない。彼女を返してほしい』

『残念ですがほとんどポイントが残ってません。あなたの命に関わりますから』

　俺、今までどれくらい使ったんだっけ？　あまり考えずにポイントを使ってしまった。
でも、２００ポイントと１００ポイントを３回。合計５００ポイントだったはずだ。まだ３００ポイントは残っている。

『ポイントが増えることってないのか？　俺の今の所持ポイントはいくらだ？』

　俺は、焦って質問した。

『残念ながら、ポイントが増えることはありません。元々死ぬための願いなのですから、残りは50ポイントです』

『300ポイント残っているはずだ』

『あなた、彼女と時々一緒に眠っていましたよね。2回目以降、1回で50ポイントなんですよ。初回以降、5回眠れば250ポイント使用したことになっています』

『きいていないぞ！　説明不足だ！　詐欺じゃないか』

俺は、怒りに身を任せて、文字を打った。

——すると、メッセージが返信された。

『あなたは質問も確認もせず、彼女を我が物にしていましたよね。確認くらいはするべきだったと思います。もし、50ポイントで彼女をお返ししたらポイントはゼロになります』

『説明くらいするべきだ。ポイントがゼロになったら死ぬというのか？』

俺は、怒りと焦りで手が震えた。

『確実に死にます。あなたは、死にたかったのではないですか？』

あまりにも事務的な返信だった。どうせ嘘だろうと思っていた。だって、こんなに元気なのに死ぬわけがない。俺は若いんだ。

『彼女と会いたい。50ポイント使うよ』

やけくそだった。

『あなたは死にたいのですか？　生きたいのですか？』

念を押すようなメッセージだった。
俺は少し怖く感じた。これが、普通ではないということを肌で感じていたからだ。
もしかしたら、本当に死ぬのかもしれないという恐怖が襲った。

『生きたいし、会いたいんだ』

『それならば、ポイントを使わず生きてください。あなたは死にたかった。生きていればいいことがあるかもしれないのに。生きていなければいいことは起こらないのに』

『ポイントを使ったら、すぐに死ぬのか？』

『即死(そくし)です』

背筋が凍る。仕方ない、生きていれば彼女に会えるかもしれない。

『じゃあ、ポイントは使わない』

これでねがいの館ともお別れだ。そう思った。

『残りわずかの命を大事に生きてください。後悔先に立たずです』

妙なメッセージだった。どういう意味だ？

『あなたの残りのポイントは、日にちに換算すると、5日の命ですから』

＊＊＊

――このメッセージの後、彼の人生に6日目はなかった。

ポイントを少ないと感じるのか、多いと感じるのか、命のポイントの重さは本人の考え方次第だと思います。時すでに遅し。

もしもあなたが、ねがいの館に出会うことがあったら、きちんと命の重さを考えて、ねがいをかなえてください。

ほんのささいなことで、はまって抜け出せなくなる依存心、あの世への道――。

人間は、実に厄介で面白いですね。

どんなに金持ちでも、有名人でも、天才だとしても、必ず死が訪れることは、神が人間に与えた平等な権利と義務なのかもしれません。

生きたいから長生きできるものでも、自分で寿命を決められるわけでもないのです。自分の寿命の長さは誰も知らないのが普通なのです。

明日、死ぬ可能性もみんなあるわけで、命の長さは選べません。ですから1日1日を大切にして生きてほしいのです。

それでもねがいの館を利用したくなったときは、私からあなたへご連絡をさしあげます。

恐怖は
ＳＮＳから
はじまった

炎上が止まらない

著 石屋（いしや） タマ

第一話　低迷

「ああ、もう！　全然バズらない！」

残暑が厳しい九月の学校。昼休み。

その屋上にたたずむ私は、スマホ片手に、がっくりとうなだれる。

画面に映っているのは、私のＳＮＳのアカウント。女子らしく、ギャル語をふんだんに使って、同性受けを狙っているのがバレバレだったりして。そうそう、タピオカミルクティーやチーズドックなど、今時っぽい写真をたくさん投稿している。

中学までずっと、親からＳＮＳの利用が禁止されていた私は、高校に入ってすぐアカウントを開設した。友人や家族、バイト先の同僚など、片っ端から頼み込んで、とりあえず、五十人にフォロワーになってもらった。

あれから半年がたった。そろそろフォロワーも増えてきて……ないんだなぁ、これが。始めてからずっと、まったく変化がない。

バズらせて、フォロワーをいっぱい増やして、人気者になって。それが、私の思い描いていた青写真だった。けれど、現実は上手くいかないもので……。

「この投稿は自信があったのになぁ」

昨日の夜の、バイト先からの帰り。電車の中でスマホをいじっていたら、酔っ払いが長椅子に寝転んでいるのを発見した。いびきまでかいている。それが、あまりにも大胆な寝方だったから、思わずパシャリと写真を撮って、SNSに投稿する。

〈爆睡するおじさん発見！　ていうか、いびきがすごいw〉

翌朝、さぞかしバズっているかと期待してスマホを開いてみたら……

―― シェアする　0　いいね！　2 ――

いいね！したのは、私の兄。そして、私の隣でパンを食べている友人の女子の二人だけだ。

「だれも反応しないなんて、おかしくない？　ていうか、そこ！　あんたも、シェアぐらいしてもいいんじゃない？」

口を尖らせて恨み節を友人にぶつける。すると、彼女は思わず噴き出した。

「アハハ！　そんな投稿でバズるわけないじゃん！」

「うっ……」

反論したいところだが、彼女のフォロワーは一万人。これまでたくさんの投稿をバズらせてきた人間を相手に、その手の話でかなうわけがない。

正直に言うと、私がSNSを始めたのも、その友人の影響が大きかった。フォロワーがたくさんいる彼女は、学校でもちょっとした有名人。みんなからちやほやされているのを見て、いつしか、私もそうなりたいと思うようになっていた。

「じゃあ、どうすれば良いわけ？　バズるコツを教えてよ」

そう、なんで私の投稿がバズらなくて、友人のそれはバズるのか。フォロワー数？　いや、それだけじゃない。何かが、根本的に違う気がする。

「やだよ、自分で考えなよ」

パンを食べることに夢中な彼女は、私の話などまるで聞いてくれない。

「お願い！　この通り！　オレンジジュース、あげるから！」

「ん、これだけ？」

「これだけで！」

このオレンジジュースはバイトで貯めた金で買った、大事な宝物だ。まあ、すぐに飲むんだけれど。でも、バイトの給料日を控えている私が彼女にしてあげられることなんて、これくらいだ。

足りないなら、これでどうだ！　とばかりに、出来る限りの角度で頭を下げる。まさに、折り畳みガラケーを閉じたときのような姿になる私。プライドなんて、ないよ！　どっかに捨てたよ！

「ちょっと、やめてよ！　分かったって」

「ありがとう、心の友よ！」

思わず友人に抱き着く。

「ああ、うっとうしい！」

「で、どうすれば、いいのでしょうか？　先生！」

「いや、あんたの先生じゃないし……まあ、いいや」

友人は「こほん」と咳払いをして話を続ける。なんだかんだ言って、先生っぽさを見せつけてくる。

「えっとね、簡単に言うと、だれも見たことがないものを投稿しなきゃだめ。酔っ払いが寝ている姿なんて、みんな見慣れているじゃん」

おお、なるほど！……と思ったが、すぐに疑問がわいてくる。

「いや、見たことないものなんて、それこそ、どこにあるのよ？」

「それを探すのがキモなんだけれど」

「面倒！　そのキモのキモを教えてよ」

そう、もっと直接的な答えが知りたい。

「本当にもう、横着なんだから……じゃあさ、『映え』って分かる?」

「聞いたことあるけど」

確か、SNS映えって、みんなが言っている。ちょっと前に流行語大賞に選ばれていたような気もする。

「それを狙うの。重要なのは、とっても大きくて、カラフルであること。そういうものを投稿するんだよ」

「大きくて、カラフル……」

「例えばさ、これ」

友人は、そう言ってスマホを見せてくる。画面に映っているのは、それこそ、私の人生では一度も見たこともないようなソフトクリームだった。赤白黄の三色がきれいにセパレートされているし、大きさも、隣に映っている友人の顔の倍以上はある。

「うわぁ、すっごい! おいしそう!」

「でしょ。これ、シェアが千件もついたんだよねぇ」

「へえ……」

千件……そんな数字、私の投稿には、一度もついたことがない。

「分かった? こういう写真を撮るの。すぐにバズるから」

「うん……分かったような……」

もうちょっと教えてよ、と言おうとしたその時、

――キンコン、カンコン――


午後の始業を伝えるチャイムが鳴り響いた。

「やば！　昼休み終わっちゃうじゃん！」

友人は私からオレンジジュースをぶんどると、食べているパンを胃に流し込む。そして、急いで教室に戻っていった。

「あ、ちょっと！」

一人取り残された私は、友人の言葉が頭から離れないでいる。

「大きくて、カラフル……」

そう言われると、何か見つかるような……。

「ていうか、私も教室に戻らないと！」

第二話　発見

大きくて、カラフル。

アドバイスを聞いて納得した私は、学校後のバイト先に行くまで、街中を注意して探してみる。どこかに、そういうのないかな、落ちていないかな、と。

だけど、そんなものは見つからない。というか、よく考えれば分かることだった。

大きいものは、探せばすぐに見つかる。カラフルなものも、見つかる。けれど、それらは「普通に見たことがある」程度だ。友人が言っていたのは「だれも見たことがない」ほどのものだ。

通学路、電車の中、商店街。どこを探しても見当たらない。バイト中も、ヒントがないか意識する。けれど、どこを探しても普通しか転がっていない。

「大きくて、カラフルなものなんて、ないんですけど」

はぁ、とため息をつく。

気が付けば、時計の針は九時を指している。すなわち、バイト先が、閉店時刻になったことを意味する。私の労働もあと少しで終了。店を閉めて、後片付けをするだけだ。

私のバイト先は、〇〇アイスクリームという、いわゆるチェーン店だ。若い子が多く訪れるので有名。まあ、カラフルかもしれない。けれど、大きくなんかない。トリプルとかできるよ。でも、そのくらい見たことあるでしょ？

お客さんの様子とか、同僚の様子とか、じっと観察してみるけれど、答えとなるようなものはない。店舗の外でアイスの写真を撮っている人もいるけど、そんなのでバズるわけないのになぁ、と思う。

「やっぱり、私には無理なのかなぁ」

最後のお客さんが帰って、店のシャッターを閉じる。一日も終わりかと思うと、急に疲労がピークに達する。特に、今日は街をずっと歩き回っていたから、ヘトヘトのクタクタだ。思わず、ぐったりとショーケースにもたれ掛かる。

「冷たい……気持ちいい」

このまま寝ちゃいそうだ。なんて、嘘だけど。でも、そっと目を閉じてみる。

「もしもぉし？」

だれかに呼ばれて目を開ける。なんだ、店長か。私の様子を見かねたのか、顔を覗き込んでいた。本日の夜番は、男性の店長と私の二人だけ。まあ、恋愛って感情はない。ただの上司と部下だ。

「あの、大丈夫？　気分悪かったら、まだ休んでていいよ」

どうやら、私の様子がずっとおかしいから、病気じゃないかと心配してくれたらしい。なんて、いい店長だ。

「いや、大丈夫です！　すみません」

「そう？　僕は帰るけど、まだ店にいてていいからね」

「じゃあ、もう少しだけ」

「それなら、ケースの中身を廃棄しておいてね。ばいばい」

そう言って、そそくさと帰る店長。なんだ、ゴミ捨てを押し付けただけじゃん！

「あ、そうだ」

店長が帰り際に一言つぶやく。

「捨てるアイスは、食べちゃってもいいからね」

「はぁ？　こんなに食べたら、太るって！」

って、思わず口に出しちゃったけど、既に店長は外に出た後だった。

プンプンと頬を膨らましながら、ショーケースからアイスの残りを取り出す。チェーン店の決まりで、提供期限が切れたアイスはすべて廃棄しなければならない。

「よっこいしょっと」

アイスの廃棄処理は大変に重労働だ。一種類ごとにケースから取り出して、冷凍庫の廃棄置き場にケースごと詰め込まなければいけない。困ったことに廃棄置き場は最上段の、背伸びをしてようやく手が届く場所にあるものだから、ケースの重さも相まって、いつも足がつりそうになる。

こんなのを、か弱い女子に押し付けるなんて！　人でなし店長への不満しか湧いてこない。これこそ、ＳＮＳに投稿してやろうか。

特に、この「ブルースカイ」という、真っ青なアイスの売れ残りが多すぎる。洗面器が一つ、いや、二つ分はあるんじゃないだろうか。

店長が「ＳＮＳ映えといったら、青でしょ！」って言って大量に仕入れたけど、青いアイスって、そんなに売れるもんじゃない。個人的感想だけど、あんまり、おいしそうに見えないんだよね。

それに、「ブルースカイ＝空の色」っていうには、かなり暗い青。看板に偽りありだ。いっそのこと「富士山の色」って言うほうが、まだ納得してくれる。

「ん、富士山……そうだ！」

あああ！　まさに、その時、私はひらめいた。

大きいのが「見つからない」のなら、「作れば」いい。今、手元にあるこれで、いくらでも作れるじゃん。なんという、天才だ。

お題は、そうだ。富士山に決定！　これだけ余っているんだし、余裕だろう。

さっそく、廃棄するアイスを集める。青いアイス、白いアイス、他にもいろいろ。これで絵画ができるんじゃないかと思うくらい、何色ものアイスが集まった。

では、作成に入る。まずは、テーブルにプレートを広げる。その上に、さっきのブルースカイを一盛り、二盛り……いや、こんなんじゃダメだ。全部使う！　うん、大きいに越したことはないんだ。

それを丁寧に山の形に広げた後は、山頂に真っ白なバニラアイスを乗っける。まだ、冠雪って時期じゃないかな？　でも、富士山といったら、こうでしょ。あとは、裾野には……そうだ！　抹茶とチョコで樹海を表現しよう。

十分ほどだろうか。あっさりと完成した。高さ五十センチメートルはあると思う。そして、アイスクリームだから、とってもカラフル。廃棄分で作ったにしては、かなりの出来栄え。私って、こういう才能があるのかもしれない。

「あ、やばい。溶けてきちゃった」

そうだ。悠長に自画自賛している暇はない。さっさと写真を撮らないと。慌てて、スマホのカメラをインカメラにして、富士山と記念撮影をする。写真映りは……完璧！　想像以上だ。

あとは、コメントを入力して……。

〈アイスクリームで作った富士山です！　見て、この大きさ！〉

「投稿」ボタンをポチッとタップする。すぐに、撮った写真とコメントがＳＮＳにアップされた。

さあ、どうだ？

……一分……二分……まだかなとスマホを確認する。けれど、反応はない。

「ソフトクリームより、全然すごいと思うんだけど」

すっごい大きいし、すっごいカラフルだし。友人の言っている、「バズるコツ」の条件は完全に満たしている。これでダメなら、友人を問い詰めよう。オレンジジュースを返せって。

まあ、それは置いておいて、このアイスの富士山を片付けないと。せっかく作った作品だけど、心を鬼にして、すべてケースに戻して廃棄置き場に詰め込む。さようなら、私の自信作。


――


片付けが終わって、家に帰って、お休みの準備をする。けれど、いくら待てども、さっきの投稿がバズる気配はない。なあんだ。やっぱり、友人は適当なこと言って、ごまかしたんじゃん。

「あぁあ、骨折り損だったな。いいや。寝よう。スマホのアラームをセットしてっと……」

そう言って、テーブルのスマホに目を移す。

――ブーッ　ブーッ――

おや、バイブが鳴った。それは、何かの通知のサインだ。

第三話　反響

「うそ……来た……来た来た！」

それは、突然にやってきた。さっきの投稿が急にシェアされだした。一件、二件と増えるたびに、バイブが鳴動する。その間隔は、一分に一回だったのが、十秒に一回になって、そして数秒に一回、いや、正確な間隔が分からないほど、頻繁に鳴り出した。

ＳＮＳの画面を開いて、投稿を確認してみる。

――シェアする　１５２　いいね！　２３０――

三桁を超えたのは初めてだ。いや、違う。シェアもいいね！もカウンターがひっきりなしに回っている。これなら、四桁超えも時間の問題だろう。

〈びっくり！〉

〈すげぇ、こんなの見たことない〉

〈食べきれないｗｗｗ〉

投稿に返信がついている。その内容は、どれも好意的なものばかりだ。

「じゃあ、フォロワーは……」

期待を持って確認してみる。投稿前はぴったり五十人。今は……百五十人！　一気に増えた。

いや、この値も、どんどんとカウンターが回っている。

「やった！」

ついにバズった！　感動のあまり、ベッドの上でガッツポーズをする。

初めてのバズりに、私のテンションはどんどんと高まっていく。

もっと褒めてほしい、もっと広めてほしい。

――ブーッ　ブーッ――

またすぐに、スマホが鳴動する。

「また来た！　って、あれ？」

その通知は、ＳＮＳからの通知ではなく、私の兄からの電話だった。

学生である私と、フリーターである兄とでは、一緒にいる時間がほとんどない。だから、ちょっとしたことでも、スマホで会話することが多い。もう十一時だけど、兄はまだ、バイト先で頑張っているみたいだ。

通話をタップして、電話に出る。

「お兄ちゃん、どうしたの？」

「お前、ＳＮＳの投稿だけどさ」

「ああ、見てくれたんだ。すごいでしょ、あれ」

身内から褒めてもらえるのは、特別にうれしい。けれど、兄が伝えたかったのは、そういうことではなかった。

「いや、あんなことしちゃ、ダメだよ」

「え、何でよ？」

「あれは、バイトテロだって」

バイトテロ？　ああ、聞いたことがある。バイト店員が、店で悪ふざけして炎上するやつだ。
でも、この投稿は違う。確かに、はしゃいだかもしれないけれど、そこまでじゃない。もともと捨てるものを活用しただけだし。そもそも、誰にも迷惑かけていない。

「やだなぁ、そんなんじゃないって。廃棄分を使っただけだよ」

「そうだとしても、あれだと誤解されるから。消した方がいいよ」

消す？　絶対にダメだ。せっかく、投稿をいろんな人に見てもらえている。こんなチャンス、二度とないかもしれないのに。

「別に大丈夫だって。ていうか、お兄ちゃん心配しすぎ！」

「だけど――」

「いいから。もう、放っといてよ！」

そう言って、通話を終了する。

まったく、兄は、どうしてこんなに心配するのか。

「もしかして、あれかな」

兄もＳＮＳアカウントを持っているけど、フォロワーは二百人。まだ、私のよりは多いけど。
それも、もう少しで追い抜く。そうすれば、私のほうが上になる。

「嫉妬かぁ。大人気ないんだから」

兄もフォロワー数を気にしているんだな、と。まあ、いいや。後で教えてあげよう。こうやれば、簡単にバズれるよって。

それに、バイトテロが、どうしたって？　そんなこと、投稿の返信には、全然書かれていない。みんな、喜んでくれている。賞賛してくれている。「いいね！」って思ってくれている。

―― ブーッ　ブーッ ――

「ほらほら、また通知がきたよ」

今度はなんて書かれているんだろう。スマホを開いて確認する。

〈こんなことして、いいの？〉

「あれ？」

その内容は、これまでの返信とは雰囲気がちょっと違っていた。何かを疑問に思っている。

「いいの？」って、何か悪いのかな。

でも、それを境にして、明らかに何かが変わった。そう、一言で言えば「風向き」というものか。

第四話　批判

〈きれいですね！　でも、ちゃんと食べたんですか？〉

〈食べ物を粗末にするのは、よくないと思う〉

〈これってバイトがやっているのか？〉

「え、うそ？　なんか、勘違いされているんだけど」

　少しずつ、雰囲気が変わっていく。好意的だったはずの返信は、明らかに不信を含むものに変わったのが見て取れた。

　どうしよう、何か弁明しないと。皆さん、落ち着いて聞いてください。悪いことは何一つしてませんよ、と。

　急いでスマホを抱えて、ＳＮＳの投稿を入力する。

〈これは廃棄分を利用しただけです。気分を害したのなら――〉

「……」

　そこまで書いて考えた。一体、なぜ、言い訳じみた投稿をしなければならないのか？　これでは、悪事を働いた人と、それを裁く裁判官みたいな関係じゃないか。

　家族や友人ならともかく、名前も知らないし顔も見たことがない、そんな人のために、釈明をする必要があるのか。いちいち言わなくても分かるだろう、あなたたちが察しろよ、とも思えてきた。

なんか、ムカムカしてきた。この気持ちを、こいつらにも味わわせたい。ぎゃふんと、一泡吹かせたい。

さっきの文字は削除した。代わりに、こう入力する。

〈捨てましたけど、それが何か？〉

分かっている。それが、火に油を注ぐ行為だってことを。けれど、なぜだろう、スマホを持つ手の動きが止まらない。

私は、さらに入力を続ける。

〈ていうか、見ず知らずの人に、とやかく言われたくないんですけど〉

そう入力して、「投稿」をタップする。その内容がＳＮＳに反映される。ああ、もう後戻りはできない。

――ブーッ　ブーッ――

それは、すぐだった。今の投稿を見て、だれかが返信してきたようだ。見なくてもなんとなく、内容が分かる気がする。それでも、スマホを取って確認する。

〈ちょっと、この態度ひどくない？〉

〈逆ギレ、ワロタｗｗｗ〉

〈なんだ、ただのクズか〉

やっぱり、予想した通りだ。私に向けられている感情は、疑惑を含むものではなくなった。

それは、怒りだ。まさに今、私が抱えている感情と、まったく同じ。

「何か、返したほうがいいのかな？」

ちょっとだけ、私は後悔した。もしかしたら、取り返しがつかないところまで来たような気がしたからだ。

なにか、状況を一旦リセットできる「魔法のキーワード」はないのだろうか。色々と考えてみたけれど、まったく思いつかない。

「ああ、そういうことも、聞いておけば良かった」

バズらせ方に固執するあまり、バズった後のことは頭から抜けていた。いや、友人は、こういうことを「バズる」って言ったんじゃない気もする。


――　ブーッ　ブーッ　――

あれこれと考えを巡らしているうちにも、どんどんと返信が集まってくる。少しの時間で、刻々と状況が変化していく。

〈そもそも、この店どこよ？〉

〈○○アイスクリームでしょ、チェーン店の。この制服に見覚えがある〉

〈昨日の投稿は××駅じゃん。駅前に○○アイスの店舗があるよ〉

内容がエスカレートしていく。どうやら、中の人を特定したいらしい。なぜ、そこまで私に興味があるのか。赤の他人で、無関係な人間なのに。それをすることで、あなた方の実生活に、一体どういうメリットがあるのですか？

ああ、こいつらに罰を与えたい。言葉の粛清を。

ついに、私は一線を越えた。スマホを片手に、短い言葉で、

〈暇人。死ね〉

とだけ返信する。


―― ブーッ　ブーッ ――

〈！！！！〉

〈＋－＝＊＄〉

〈＃＆＠～￥〉

すぐに、反応が届く。もはや会話ではない。悪口にもなっていない。日本語にもなっていない。ただの、純粋な悪意の塊が、雹のごとく降り注いでくる。

「アハハ！　効いてる、効いてる」

なぜだろうか。この状況が楽しくて、楽しくて、つい笑ってしまった。

バズって嬉しい。

疑われて哀しい。

うざくて怒る。

その後は楽しい。

ちょっとの間で、一体どれほどの感情が変化したのだろう。文字通り、それは「喜怒哀楽」だ。あれ、ちょっと順番が違うな。まあ、いいか。


――ブーッ　ブーッ――

通知が止まらない。止まるはずがない。スマホはずっとバイブで震えっぱなしだ。一体、何件まで伸びたのだろう。いいね！の数を確認する。

――シェアする　１００８２　いいね！　１９８６１――

ついに、万超えだ。ＳＮＳのトレンドワードにも入ってきた。「○○アイスクリーム」「バイトテロ」って。どうやら、私の投稿のまとめサイトまで出来たらしい。本当に、ひどい話だ。ていうか、返信が多すぎて、全然読めない。まあ、内容は大体想像つくんだけど。

――ブーッ　ブーッ――

バイブが鳴動するのにも慣れてきた。もはや返信の内容を確認する気にもならない。一応、いいね！の数を確認してみる。

――シェアする　２５９０１　いいね！　５１８１２――

「びっくりするぐらい、バズっている……」

いや、こんな形でバズりたかったんじゃない。ただ、みんなに「いいね！」って言ってもらいたかった、それだけなのに。

「今から、ごめんって言ったら――」

許してくれないだろう。ネットの文化に疎い私だって、それくらいは分かる。

「もう、いいや。関わらないでおこう」

部屋の電気を消して、ベッドに飛び込んだ。スマホは、ずっとバイブが震えている。けれど、無視することにした。また明日だ。朝になったら、考え直そう。

そう、朝になったら……。

第五話　炎上

――

朝には、ならなかった。

「あっつぃ」

季節外れの真夏日、炎天下の深夜二時。うだるような暑さに、思わず飛び起きる。寝る前につけたはずのエアコンは、なぜか止まっている。

「故障かなぁ、サイアク……」

手元にあるリモコンのスイッチを何度も押すが、全然反応がない。こんな暑さでエアコンが使えないなんて、まるで地獄のようだ。

――ブーッ　ブーッ――

さっきから、スマホのバイブの音がうるさい。SNSの通知だろう。いまだに止まる気配がない。

「本当に、暇人ばっかり……」

眠い目をこすりながらスマホの画面を見る。

「あれ？」

SNSの通知だと思ったら、違った。それは、兄からの電話だった。私が寝ている間、ずっと呼び出していたみたいだ。

通話を押すと、すぐに、スマホ越しから兄の大きな声が響いてくる。

「おい、寝てたのか、起きろよ！」

「ふぁぁ……こんな時間に電話してこないでよ。ていうか、眠いんだけど？」

「お前、寝ボケている場合じゃないぞ。起きろ、炎上しているぞ！」

炎上……ああ、ＳＮＳのことか。どうせ、あんなのは一時的に盛り上がっているだけ。時間さえかければ、鎮火するのに。兄の心配性には少しうんざりする。

「大丈夫だって。どうせ、あいつらは何にも出来ないんだし。そのうち、収まるから」

「収まる？　そんなわけないだろう」

「本当だって。このぐらい平気だよ」

「お前、話が通じているか？　燃えているんだよ！」

「うん、そうだね」

「家が！」

「……え？」

——家が、燃えている？

ようやく目が慣れてきた。天井には真っ黒な煙が充満している。カーテン越しに、真っ赤な模様が広がっている。

火だ！

まさに、今、家が燃えている。兄が電話越しに伝えてきた状況が、はっきりと、この目に飛び込んできた。見たことないくらいに大きくて、この世のものとは思えないほど、鮮やかな赤色で。それこそ、ＳＮＳに投稿したらバズるだろう。

私は状況を完全に理解した。暑いと思ったけど、それもそのはずだ。だって、火事の炎で熱かったんだから。

「やばい！　逃げなきゃ！」

ベッドから飛び出して立ち上がるが、天井付近の煙を吸い込んでしまう。

「ごほっごほっ！」

頭がクラクラとしてくる。もうろうとする意識でまっすぐに歩けない。覚束ない足取りだけれど、なんとか部屋のドアに駆け寄り、ノブを掴んでそれを開ける。

廊下は火事の熱気と黒煙が充満していた。玄関まで十メートルもないのに、その道を進むのに躊躇するほどだった。じゃあ、部屋の窓から逃げる？　それだってアウトだ。「入れてくれよ」とばかりに、赤い悪魔が窓ガラスをドンドンと叩いているからだ。

「とにかく、行かなきゃ」

意を決して廊下に飛び込んだ。玄関まで耐えれば私の勝利だ。避難訓練で学んだように、身を屈めて布で口を覆って……。

すぐに、それは浅はかで不可能な期待だったことが分かった。二、三歩進むだけで、体が言うことを聞かなくなった。視界はぼやけて、世界はグルグルと回りだす。そもそも、この先に玄関かあるのかさえも分からなくなってきた。

「えっ、これって、死ぬのかな……」

足は鉛のように重くなり、体は重力に負けて床に押し付けられる。指先でさえ、動けという命令に従ってくれない。

「もう……だめかも……」

ゆっくりと意識は溶ける……。

ゆっくりと……。

——

すべての感覚は失われて、真っ白な世界に包まれる。夢とも現実ともつかない。もしも死んだのならば、ここは天国か地獄か？　どちらかと言えば前者だろう。こんなに優しい雰囲気の地獄があるはずがない。

「……おい……」

ふと、どこか遠くから、私を呼ぶ声がぼんやりと響いてくる。この声の主は——

「おい、しっかりしろ！」

今度は、はっきりと耳元で声が響く。ああ、そうか。この野太い声で私を呼ぶのは、兄だ。無駄に強い力でガクガクと体を揺さぶられているのも分かってきた。

「ちょっと、痛いって……」

だんだんと、意識が明朗になってきた。自分が生きていることも認識できた。さっきまでの熱く煙たい空気は感じない。かわりに、涼しく乾いた風が私の前髪を揺らす。

「なんだ、大丈夫そうだな。お前が逃げだしてこないから、どうしたかと思って……戻って正解だったよ。廊下で倒れているのを見た時は、死んだのかと思ったぞ」

そう言って、兄はため息を一つついた。どうやら、意識を失った私を運びだしてくれたみたいだ。つまりは、今いる場所は家の外で、私は助かった。それが分かったからだろうか、兄と同じように、私もため息を漏らした。

「良かった……」

そう言って、ふと家に目を向ける。

自宅は、燃え盛る炎に包まれていた。火柱は屋根より高く舞い上がり、闇夜に現れた巨大な照明のように周囲を赤く色付ける。気が付けば、カンカンとサイレンを鳴らす消防車や、何ごとかと集まってきた野次馬が家を取り囲む。その異常な光景の中心に、私はいる。これを一言で形容するのならば、地獄。それしかない。

「ああ……」

良かった、なんてことは全然なかった。失われていく家と、失われていく日常。それが不可逆的な変化であると今更ながらに感じ取った私は、もう一つ、ため息を漏らした。

骨組みだけとなった我が家が、いよいよ形を失っていく。


――バキバキッ!――


真夜中に響く轟音は、どことなく悲鳴にも似ていた。いや、罵声だろうか? それとも歓声? 普段は耳にしたことがない、したくもない。そんな音とともに、家だったはずの物体は炎もろともガラガラと崩れている。

楽しかった日常がアイスクリームのように溶けてなくなっていく。読みかけの漫画も、お気に入りの服も、集めていたコスメも、全部がお終い……そんな事実を前に、私は呆然と眺めることしか出来ないでいた。

「嘘でしょ……」

あまりにも現実離れした光景を目の当たりにすると、怒るとか泣くとか叫ぶとか、もう、そういう感情は不思議と湧いてこないものだ。心にぽっかりと穴が空いたような、例えるならば、無の感覚。

「もしかして、夢かな……」

そうだ、こんなことがあるわけがない。あってはならない。これは夢だ。悪い夢だ。いざ目を覚ませば、昨日と同じ朝日がベッドの上の私を包んでいるはずだろう。そう、夢ならば――

――ブーッ　ブーッ――

突然の振動に、はっと現実に呼び戻される。その発信源は、ポケットの奥のほうで、無意識に握り続けていたスマホだった。あれほどの、生死を彷徨った恐怖の炎の中でさえスマホを掴んで離さなかった自分に、軽く驚きを感じた。

――ブーッ　ブーッ――

もう一度、「無視をするな」とばかりに振動が伝わる。スマホのロックをゆっくりと開く。それは、ずっと見ないようにしていたＳＮＳの通知だった。恐る恐る、内容を確認する。そこに書かれていたのは、悪魔のようなメッセージだった。

〈こいつの家、特定したんだけど。ここでしょ〉

〈これから凸実況をアップするから〉

〈現場中継、乙〉

〈ていうか、火をつけたの誰だよｗｗｗ〉

〈すげぇ、燃えてる〉

〈ざまぁｗｗｗ〉

火に包まれている自宅の動画、笑っている顔文字、罵倒する文言。私の投稿に次々と返信がついていく。そのたびに、シェアといいね！のカウンターがぐるぐると回る。

「もしかして……家……燃やされたの……？」

私に対する憎しみが、怒りが、悪意が、炎となって襲い掛かる。


――いいね！　いいね！　いいね！――

ああ、炎上が止まらない。

恐怖は
SNSから
はじまった

ネットストーカーは突然に

著 丹野(たんの) 海里(かいり)

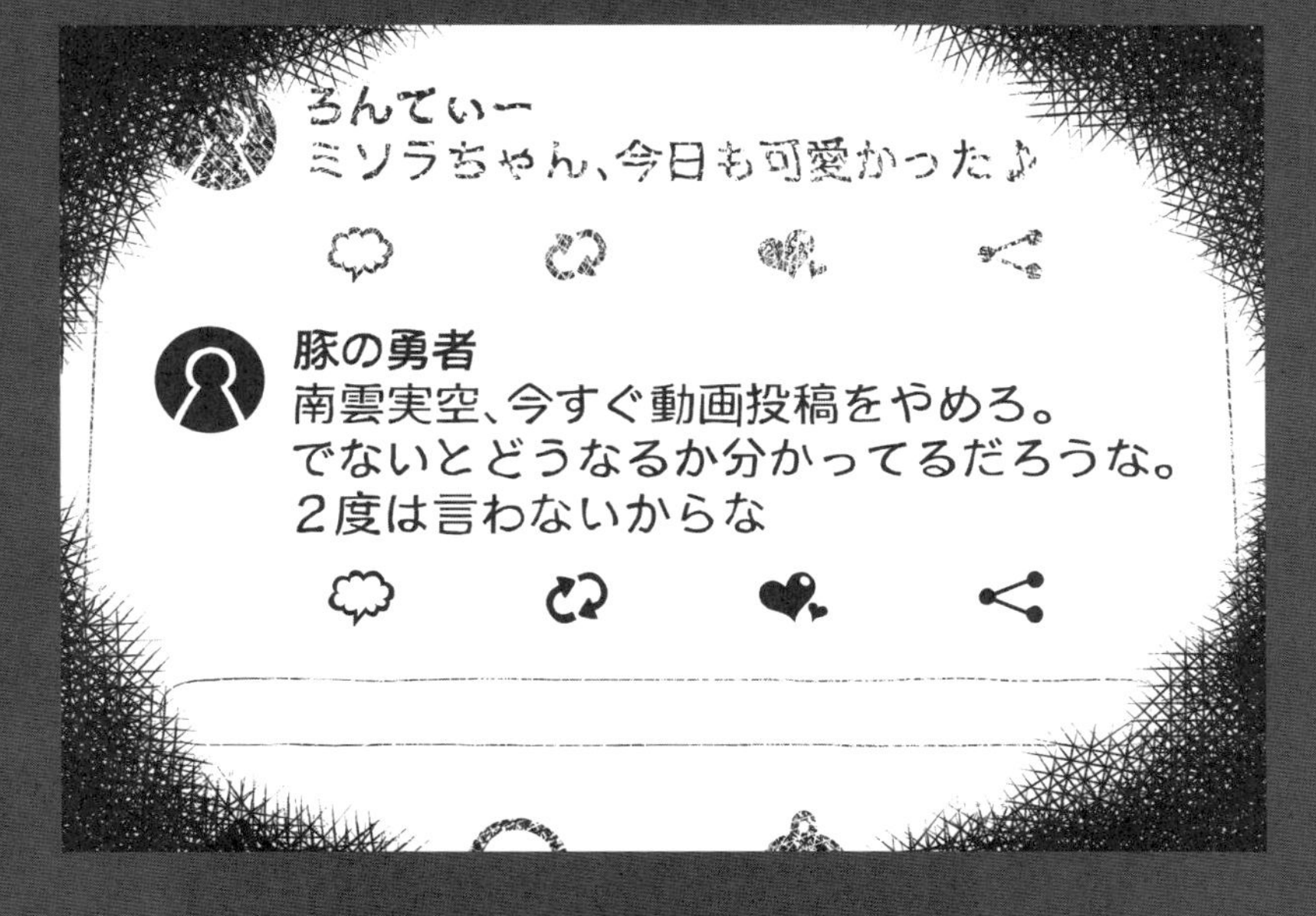

第1話　ミソラチャンネル

『はい、というわけで！　この動画が面白かった！　いいな！　と思った方はグッドボタンとチャンネル登録、是非是非よろしくお願いしますっ！　ということでまた次回の動画でお会いしましょう。以上、ミソラチャンネルでした！　バイバイ』


夕方6時。

1時間後に公開する動画の編集を終わらせた私はスマホを片手に仰向けに倒れた。

「えっと」

【動画更新！　現役ＪＫが7月に購入した商品の中でオススメのトップ3！　1位はまさかの……】

フォロワー30万人を超えるＳＮＳのアカウント。

このアカウントではミソラチャンネルの動画の投稿を知らせたり、女子高校生の間でバズっている写真を投稿したりしている。

「動画のＵＲＬを貼りつけて下書きに保存っと。これでよし」

動画も時間指定の予約投稿にしてあるし、ちょっとだけ寝るか。

今日は学校から帰ってきてずっと編集作業をしていたので、目を閉じるとスッと夢の世界に入ることができた。

◇

スマホのアラームで目が覚めた。

時刻は7時ちょうど。20分くらいは寝られたのかな。

動画は自動で更新されてるはずだから、さっき下書きに保存しておいた文章をＳＮＳに投稿しないと。

投稿までかかった時間は僅か3秒。今時の女子高校生はこれくらい普通にできちゃう。

次にパソコンを開いて再生数とグッドボタンとチャンネル登録者数の確認。

動画投稿を始めて2年。この流れはルーティーンになっている。

数字が増えていると嬉しくて、少ないと悔しい。

私は多くの人に見てほしいという欲が人一倍強いのかもしれない。

じゃなきゃここまで頑張れないもん。

動画配信者は見られてなんぼの世界だからね。

うん、今日の動画もそこそこ好評みたいで良かった。

ページを更新する度に再生数が伸びている。もしかしたら急上昇に入るかも。

さっきからテーブルの上に置いていたスマホの振動が止まらない。

動画を見た視聴者がＳＮＳにいいねやコメントを送ってきているのだろう。

顔がにやけているのが自分でも分かる。

スマホをタップしてコメントを一つ一つ読んでいく。


【ミソラちゃんのオススメ商品今度買ってみます！】

【動画のタイトルに引っかかったけど面白かった】

【ミソラちゃん、今日も可愛かった♪】


視聴者から愛されている。なんて幸せなんだろう。

画面をスクロールしながら届いたコメントを読んでいくと、ふと1件のコメントに目が吸い寄せられた。

「なにこれ……」

【南雲実空、今すぐ動画投稿をやめろ。でないとどうなるか分かってるだろうな。２度は言わないからな】

脅迫とも取れるコメントが寄せられていた。アカウント名は『豚の勇者』。もう訳が分からない。

私は動画やＳＮＳで本名を公開したことがない。それなのにこの豚の勇者は私の名前を知っていた。

こういう世の中だからネット界隈でそこそこ人気になった私の個人情報がどこかで拡散されているのかもしれない。

動画投稿を続けたら私の身に危険が降りかかるのだろうか。

豚の勇者の手によって？

でも、芸能人や人気の動画配信者なら殺害予告とかされてるしな。

私もそれだけ知名度が上がったってことか。

何か起きたら警察に連絡しよう。それからでも遅くはないだろう。

私はこの時の判断を後々後悔することになる。

第2話　ネットから現実へ

「ねえ見た？　昨日のミソラチャンネルの動画」

「あっ、見た見た。商品紹介系でしょ」

「実空可愛いし、話もできるしホント羨ましいよねー」

「あっ、今見たら急上昇7位だって！」

「凄っ、最近チャンネル登録者数も50万人超えたみたいだし、やっぱり広告収入とかそれなりに入ってるのかな？」

「あんたのバイト代よりは貰ってるだろうね」

「あはは、それは間違いない」

「でさ、話変わるけど——」

今日の授業も全て終わり、掃除の準備をしていると、同じ班の女子3人組がミソラチャンネルのことを話題に出していた。

直接話し掛けてくれればいいのに遠慮しているのか近寄りがたいのか、最後まで私に声が掛かることはなかった。

彼女たちの会話にも出ていたように昨日の動画は急上昇7位まで上がっていた。再生回数も

45万回を超えた。

商品紹介系の動画でここまで話題に上るのは結構珍しい方だと思う。更新時間ギリギリまで編集した甲斐があった。

力を入れた動画で結果が出ると素直に嬉しい。

次回の動画は年に2回の質問コーナー用の質問を募集する動画にしようかな。

ＳＮＳで質問を募集して、寄せられた質問の中からいくつか答えるというもの。質問コーナーの動画は比較的数字が伸びやすい。

数字をさらに伸ばすコツとしては、際どい質問に出来る限り答えること。

視聴者が喜んでくれるように頑張るか。

私は次の企画を考えながら掃除を終わらせて真っ直ぐ家に帰った。

◇

『はい、というわけで次回の動画は質問コーナーになります！　ミソラに訊いてみたい質問があるよ、という人は私のＳＮＳにどしどし送ってね。動画の概要欄にアカウントを載せてるからそこからジャンプしてください！　それではまた次回の動画でお会いしましょう！　以上、ミソラチャンネルでした！　バイバイ』

今日の動画も無事公開。
動画の公開時間に合わせてＳＮＳでも質問募集の呼び掛けを行った。
早速、質問が届き始めている。

【部活は何やってるの？】
【月収いくら？】
【最近ハマっていることは？】
【ミソラちゃん好きです！　付き合ってください】
【好きなタイプは？】
【キスしたことある？】
【ミソラ、今日も可愛い♪】
【身長と体重教えて！】
【ズバリ何カップ？】

質問を募集すると毎回同じような内容のものが送られてくる。

大体が答えられない過激な質問ばかりなので、いかに上手くかわすかが動画配信者の腕の見せどころだ。

まあ、質問を募集する期間として３日間設けてるし、まだまだ面白い質問が来るだろう。

と、ここでスマホが連続で振動した。

「豚の勇者……」


【忠告したのに懲りずに質問コーナーか】

【実空の考えはよく分かった】

【そっちがその気ならこっちももう手加減はしない】


昨日、脅迫文を送ってきた『豚の勇者』から3件のコメントが届いた。

「気持ち悪っ」

私は迷わずアカウント名『豚の勇者』をブロックした。これでもう同じ人物からコメントが届くことはない。

【ブロックとは酷いじゃないか。俺はいつでも君を見ている。もう逃げることはできないよ】

「はっ？　なんなの！　嫌がらせにも限度ってものがあるでしょ」

ブロックしたアカウントとは別のアカウント、『豚の勇者2』というアカウントからコメントが届いた。

逃げることはできないとか不気味過ぎて夏なのに寒気がする。

【ほらっ、今も実空、君の家の外にいるよ】

「嘘でしょ……」

スマホを机の上に置き、恐る恐るカーテンの端を摘まんだ。少しだけ開き、片目で外を確認する。

薄暗くてよく見えないけれど、小太りの男が私の部屋がある2階を見上げていた。手に握られているスマホの光が男の顔を照らしていた。

「どうやって調べたんだよ。警察に通報した方がいいかな？　でもお父さんとお母さんに迷惑掛けちゃう」

鼓動が速く強くなっていく。

生まれてからこれだけの恐怖を体験したことはない。

【今日は初日だからこのくらいにしておくよ。明日から楽しみだね実空。おやすみ】

机の上で光ったスマホの画面を覗き込む。

手の汗が凄い。滝のようだ。

視線を外に戻すと男は家の前から消えていた。

どうやら本当に帰ったみたいだ。

明日から私はどうなってしまうのだろうか。

この不気味なストーカーと私はどう戦えばいいのだろうか。

第3話　生配信【夏の質問コーナーと告白】

『あーあー、聞こえてますか?』

用意したカメラの前で手を振り、テーブルの上にセットしたパソコンで視聴者の反応を確かめる。


【始まった！】

【聞こえてるよー】

【ミソラちゃん、画像見たよ】

【今日は何時まで放送するの？】


『よかった。聞こえてるっぽいね。えーっと、今日は8時くらいまで放送する予定です』

時刻は夜7時をちょっと過ぎたくらい。ミソラチャンネルの投稿時間に合わせて今日は生放送をすることにした。

『早速、今日の生放送でやる企画を発表したいと思います！　といってもＳＮＳで告知しちゃったから皆知ってるか。はい、そうですそうです。正解です！』

生放送のコメント欄に【質問コーナー】という言葉が凄い勢いで流れている。

さすがミソラチャンネルの視聴者。私のＳＮＳをしっかりチェックしているようだ。

『今日は年に2回の特別企画。夏の質問コーナーをやりたいと思います！　皆にはミソラに訊いてみたいことを事前にＳＮＳで募集してました。今日はその中からいくつか私が答えられる範囲で答えたいと思います。はいそこ！　ブーイングしない。出来る限り答えるようにするから』

私の一言一言に視聴者がリアルタイムで反応する。

コメントを見ているだけで面白い。

動画のコメントにほどよく反応して視聴者とコミュニケーションを取りながら、ＳＮＳに寄せられた質問を探していく。

『んじゃ、１つ目の質問。部活は何部に入ってるの？　えっと、別な動画でも何回か話した気がするけど、私は帰宅部です。中学の時はバスケ部に入ってました。動画投稿者ってずっと家にいるイメージがあると思うんだけど、私の場合、日中は学校に行ってるからそこまで引きこもりってわけじゃないかな』

『はい次、最近ハマっていることは？　うーん、難しいね。毎日欠かさずやってることだったらスマホのアプリなんだけど、リズムゲームかな。そうそう！　最近アニメもやってたやつ！』

スマホの画面をスクロールして次の質問を探す。ちょっと過激なやつが多いな。生放送だから色々気を付けないとアカウントに警告が来ちゃう。

『キスしたことある？　内緒……』

【あっ、これは経験してるな】

【ミソラちゃんレベルになると逆にしてない方がおかしいでしょ】

【ちゃんと答えてよー】

【ＳＮＳに出回ってる画像について説明求む】


コメント欄が少し荒れてきたから早く次の質問を探さないと。

えっと、何かちょうどいい質問ないかなー。

『身長と体重教えて！　身長１５５センチ、体重は46キロ。どう？　リアルでしょ（笑）？』

『そろそろ最後の質問にしようかなー』

【えー】

【まだ早くない？】

【もっとやろうよ】


どうやら視聴者はまだ物足りないみたいだ。

でも、今日は他にも話したいことがあるからこのへんで切り上げないと。むしろ私にとっては質問コーナーの後が本番なのだ。

現在の視聴者数は２５００人。

本題に入る前にもう少し視聴者を増やしておきたい。ここで一番過激な質問に答えるしかないか。

『ミソラちゃん、ズバリ何カップですか？　こういう系の質問がめちゃくちゃ多かったです。もう断トツだったからね。そんなに知りたいですか？』


【誰だよ質問した奴】

【お前だろ】

【おっ、これは言ってくれる流れか？】

【動画で見る限り結構大きいよね】

【聞きたいでーす！】

【はよ】


『みんな、えっちだなー。今後質問コーナーやる度に同じ質問が来てもあれなんで今日だけ言います。１回しか言わないからね』
視聴者数が３５００人を超えた。
どうやら生放送のランキング30位以内に入ったようだ。今も視聴者数がガンガン増えている。
『Ｄ　惜しい。Ｇ　そんなに大きくないよ。正解はＥです！　はい、それじゃあ、夏の質問コーナー終了〜♪　カンカンカンカンカン〜』

【Ｅか。やっぱりデカかったな】

【顔も可愛くて胸もデカいとか最強かよ】

【ミソラちゃんに敵なし！】

【まだ時間余ってるよー】

【で、結局ＳＮＳに出回ってるやつなんなの？】

『そうだね。８時までまだ15分あるね。えっと、コメントにも書かれてるけど、ＳＮＳに出回ってる画像の件も含めてこの場で告白させてください』

私は質問を募集していた３日の間に私の身に降りかかった嘘のような恐怖体験を視聴者に話すことにした。

第４話　エスカレート

質問コーナー用の質問をＳＮＳで募集した翌日。

いつも通り満員電車に揺られ、高校のある最寄りの駅まで向かっていると私のお尻に何かが触れた。

満員電車で身動きが取れないからカバンか何かが触れたんだろう。

初めはそう思った。

しかし、その何かは私のお尻を執拗に撫で回し始めたのだ。

痴漢だ。

同じ時間帯の電車に乗って登校している友達の中にも痴漢被害に遭ったことがあると言っていた人は少なくない。多分常習犯がいるのだろう。

それにしても実際痴漢に遭ったら声が出せなくなると聞いたことがあるけど、本当だった。

声も出せないし、体も強張って動かない。

隣のサラリーマンに視線を送って助けを求めてみたが、スマホでＳＮＳを見ていて私の視線に気が付かない。

私のお尻を触るごつごつとした手がスカートの中に入ってこようとした瞬間、電車の扉が開いた。

まだ目的の駅じゃなかったけど、痴漢野郎から逃げるために電車から降りようとしたら私の斜め後ろにいた男に肩で思いっきり押された。

その衝撃で私は横によろけた。中学までバスケ部で体幹を鍛えていたので転ばずにすんだが、肩がズキズキと痛い。

「2度は言わないと言っただろうが」

私を突き飛ばした男が私の耳元でそう囁いた。

私は男の顔を見て驚いた。昨日、家の外にいた男と同一人物だったから。アカウント名『豚の勇者』。この時は『豚の勇者4』だったかな。

私は男から離れるべく、急いで電車から飛び降りた。

◇

痴漢被害に遭った次の日。学校のお昼休み。

教室内がざわざわと騒がしくなった。普段もわいわいがやがや楽しい雰囲気だけど、今日のこの雰囲気はどこか違うと私の直感が判断した。

なぜか皆私の顔色を窺うようにチラチラと見てくる。

そして、ひそひそとグループで何やら話をしている。どのグループも声が小さくて会話の内容までは分からない。

「ね、ねえ、皆何か話してるみたいだけど何かあったの？」

私はこの空気に耐えられなくなり、掃除の時間にミソラチャンネルのことを話題に出していた同じ班の女子3人組に訊いてみた。

「えっと……」

女子3人組は困ったように顔を見合わせ、机の上に置かれていたスマホに目を落とした。

「なに、これ？」

そこには1枚の写真が映し出されていた。

生まれたままの姿の私がカメラに向かってピースサインを作り、舌を出している。背景を見るに私が普段撮影をしている部屋で間違いない。

「ミソラちゃんが裏垢に載せた写真だってSNSで拡散されてて……」

「私はそんなことしてない」

今の時代、誰でも手軽に写真や動画の編集ができてしまう。

便利な世の中になったが、その一方で写真を上手く切り取って相手を陥れるようなフェイク画像を作る人が出てきた。

そういった画像はSNSなどに投稿され、物凄い勢いで拡散されていく。

ターゲットにされやすいのは、芸能人などある程度名前が売れている人であることが多い。

最近では動画投稿者もターゲットにされることがある。

まさか、自分が標的にされる日が来るとは。

クラスメイトの視線がチクリと肌に刺さる。やってもいないことであることないこと言われなきゃいけないなんて。

昨日の痴漢被害のこともあってメンタルが結構やられてる。

「ミソラちゃん？」

「私はこんなことやってない。やってないのに」

私は通学鞄を手に取って教室を後にした。

昇降口で外靴に履き替え、スマホの電源を入れてSNSを開いた。

コメントやいいねが届いていることを知らせる通知の数が普段の5倍以上になっていた。

全部クラスでも話題になっていたフェイク画像についてだ。

「一体誰がこんな画像を」

私はフェイク画像を投稿した張本人を突き止めるべく、検索機能に【ミソラ　自撮り】と入力して検索を掛けた。

自分で入力しておきながら吐き気がする。

「やっぱり豚の勇者か」

薄々そうなんじゃないかとは思っていた。

私に動画投稿をやめるように言ってきた『豚の勇者』がフェイク画像をばら撒いた犯人だった。

このままじゃ命の危険も考えられる。

近くに住んでいるみたいだし、次に何をされるか分からない。

学校からの帰り道、電車の中で知らない人に指を差されて笑われたり、道端でチャラい男の人に声を掛けられてしばらく追いかけ回された。

時間が経つにつれて『豚の勇者』の投稿がさらに拡散されていく。

家の外に私の居場所がなくなった。安全と言える場所がなくなった。

こうも人は簡単に追い込まれていくのか。

次の日、私は学校を休んだ。

親には体調が悪いからと言って学校を休んだ。親に嘘をつくのは胸が痛いな。

(ごめんなさい)

心の中で謝った。

太陽が昇っているのにベッドの上にいるという不思議な感覚。

私はこれからのことについて考えていた。

親に迷惑と心配を掛けるからいつまでもこの生活は続けられない。

かといって外には怖くて出られない。

◇

全てはSNSに届いた1件のコメントから始まった。

【南雲実空、今すぐ動画投稿をやめろ。でないとどうなるか分かってるだろうな。2度は言わないからな】

今でもはっきりと覚えている。

動画投稿という形で大衆に露出をすれば、知らないところで恨みを買われることもある。それは理解していたつもりだ。

好きで始めたことがこんな結果を生むなんて。

私が悪いの？

私が動画を公開しなければよかった？

警察に相談していれば結果は変わっていただろうか？

相談したところで取り合ってくれただろうか？

今となっては分からない。

ここまで来てしまったらここからどうするかを考えないと。

この異常なまでに私に執着するストーカーと私はどう戦えばいいのだろうか。

全ての始まりはＳＮＳ、ネット、動画。

いつも画面の向こうにいる視聴者が私に力をくれた。

１枚の悪意ある写真で視聴者の信頼が崩れたけど、正直に話せば分かってくれる人もいるはず。

素直に助けを求める。

助けが欲しかったら「助けて」と叫べばいいんだ。

今の私にはそれしかできないんだから。

「んっ？」

ピンポーン、と家のチャイムが鳴った。

両親は仕事に行っていていないから1階に下りてドアホンのモニターを確認した。

モニターを見た瞬間、指先から体の内側まで一気に冷えていくのが分かった。

『豚の勇者』がカメラに向かって手を振っていたのだ。まるで私がモニターを見ていることが分かっているみたいに。

「何なの、何がしたいの？　私の人生を滅茶苦茶にして。私はあんたを絶対に許さない」

私は誰もいないリビングでモニターに映る『豚の勇者』に向かってそう呟いた。

最終話　事の結末

【衝撃の事実！】

【ミソラちゃんがストーカー被害に遭ってただなんて】

【豚の勇者とか、ネーミングセンスが草通り越して森ｗｗ】

【森通り越してアマゾンｗｗｗｗ】

【勇者って自分が英雄かなにかだと勘違いしてんのか？】

【おいお前ら住所特定したぞ！】

【アップよろ】

【郷田信行、48歳。工場勤務みたいだな】

【おっさんじゃねーか】

【いい年こいたおっさんが女子高生に何してんだよ】

【ミソラちゃん大丈夫？】

【ミソラちゃんには俺たちがついてるから安心してな】

【風呂入るんで落ちまーす】


私は視聴者に全てを話した。

生放送を開始した頃にはちょいちょい私へのアンチコメントや卑猥なコメントが見られたが、今はターゲットが豚の勇者に向いたためピタッとなくなった。

その代わりにコメント欄がどんどん過激化していた。

豚の勇者の住所特定から始まり、本名、年齢、勤務先、家族構成などなど。本当か嘘か分からない情報がばんばん飛び交う。

全てを話してスッキリしたのは一瞬の出来事で、盛り上がっていくコメント欄に恐怖を感じていた。

【今、郷田の家に電話かけてみたら出たぞ。即切りされたけどな】
【住所は合ってるみたいだな】
【ミソラちゃんに怖い思いさせたらどうなるかってことを思い知らせるか】
【俺、家近いっぽいから突撃して来ようか？】
【さすがにそれはやり過ぎだろ】
【行ったれ行ったれ！】
【逮捕されても知らんぞ】
【報告プリーズ】

『ちょ、ちょっと皆ストップストップ！』

【突撃する奴、郷田の写真撮ってきてくれ】
【ＳＮＳに拡散だな】

【ミソラちゃん、ＳＮＳに出回ってる画像がフェイク画像だって投稿してきたよ】

【いいね。よーし、拡散しに行かせてもらうわ】

暴走する視聴者たち。

私のチャンネルの生放送なのにもう私には視聴者を止めることができない。

『ごめん、時間なので今日の生放送はこの辺りで終わりにします！　来てくれた皆ありがとうございました。それではまた次の動画でお会いしましょう！　以上、ミソラチャンネルでした！　バイバイ』

これ以上どうしようもなかったので強制的に放送を終了した。

「はあー……」

無意識に大きなため息が出た。

静かな部屋に鳴り響くスマホの通知音。

テーブルの上に置いていたスマホを手に取ってベッドの上に腰を下ろした。

【ネットの使い方も分からない奴がネットを使うな】

ＳＮＳの『豚の勇者11』というアカウントからダイレクトメッセージが届いていた。

【電話が鳴りやまないからコンセントを抜いた】

【ＳＮＳのアカウントにも知らない奴からダイレクトメッセージが届き続けてる。通知が止まらない】

【実空、お前の視聴者が俺の家の前で何か叫んでる。今すぐやめさせろ】

「やめさせろって言われても無理だよ」

私にはやめさせる方法がない。

【窓が割られた。さっきより何人か増えたみたいだ】

【俺は勇者だ。ネットの怖さを知らない奴に一歩間違えればこうなるという可能性を示しただけだ】

【電車でだって痴漢から助けてやっただろ】

【それでもお前は動画投稿をやめなかった】

【俺は間違っていたのか？】

【ミソラチャンネル、南雲実空。俺は、郷田信行はお前を一生許さないからな】

豚の勇者、郷田信行からのメッセージはそれ以降届くことはなかった。

翌朝。昨夜は色々あってなかなか眠りにつけなかった。

眠い目を擦って1階に下り、家族3人でテーブルを囲む。

「いただきます」

「美空、具合悪いのは治ったの？」

「うん、だいぶ良くなったかな」

「そう、ならよかった」

お母さんが安心した顔で味噌汁をすすった。

『次のニュースです。昨夜、仙台市内に住む郷田信行さん48歳が自宅で死亡しているのが発見されました。警察は郷田さんが所持していたスマートフォンからSNSで何らかのトラブルに巻き込まれたとみて捜査を続けています』

「SNSでトラブルって怖いわねー。実空もSNSやってるんでしょ？　気を付けなさいよ」

「う、うん」

郷田信行が死んだ？

豚の勇者が死んだ？

心臓がバクバクと音を立てている。

隣に座るお母さんに聞こえていないだろうか。

「どうした実空。顔が白いぞ。まだ具合悪いんじゃないのか？」

向かいに座るお父さんが目を細めて私の顔をジッと見つめた。

「まだ少しだけ寒気がするかな」

「そうか。なら今日1日寝てなさい」

私はお父さんに「分かった」と言って席を立った。

すると、そのタイミングでチャイムが鳴った。

「こんな早くに誰だ？」

私と両親の視線がドアホンに集まる。

そこには2人の警察官の姿が映っていた。

「おはようございます。南雲実空さんはいらっしゃいますか？　郷田信行さん死亡の件について署でお話を聞かせて頂きたいのですが。よろしいでしょうか？」

「は、はい……」

恐怖は
SNSから
はじまった

ママ・メッセージ

著 松藤（まつふじ） かるり

ミサト：こんにちは
ミサト：私は、あなたを産まなかった未来のおかあさんです

スマートフォンのアラームをセットしようとして、そのメッセージに気づいた。

通知マークがついたのは、クラスの誰でも知っている定番のＳＮＳアプリだった。メッセージのやりとりやタイムラインへの近況投稿、インターネット通話ができるもので、僕もスマートフォンを手に入れるなり、すぐそのアプリをインストールした。

しかし変なメッセージだ。既読をつける前にもう一度通知画面で確認した。どうせ変なＵＲＬが載っていて、そのページで個人情報を入力しろという流れだろう。もしくは『私はあなたのお母さんだから、コンビニで電子マネーを買ってきて』と要求してくるか。僕よりもスマートフォンを使いこなせない母が電子マネーを要求するなんて笑ってしまいそうだ。

確かに僕の母は『美里』だ。偶然にも同じ名前だが、母もそのアプリを使っていて登録名はそのまま『美里』だ。僕がリビングを出て自室の布団に入るまでの間に、登録名を変更したとは考えにくい。その操作もうまくできず僕に聞いてきたぐらいだから。

僕はスマートフォンを置いて布団にもぐった。どうせ宣伝や詐欺だろうから気にしなくていいと結論を出したのだ。明日、母に聞いてもいいだろうし。そうしてメッセージのことを頭か

ら追い払って、目を閉じた。

いつも通りの朝がきて、学校へ行って。あのメッセージのことを思い出したのは昼休みのことだった。

雨が降っていたのでほとんどの生徒が教室で過ごしていて、読書をしているクラスメイトもいた。どういうわけか同じ本を読んでいる人が多かったので、何を読んでいるのか教えてもらったのである。

「お前、知らないんだ。流行ってるんだよ『もしもシリーズ』って本」

そう言って表紙を見せてもらった。それは『もしも〇〇だったら』というテーマのもとに書かれた短編集で、ひとつの話が朝の読書時間で読み切れることもあり、クラスで人気だった。その本でも特に話題になっていたのが『ママ・メッセージ』という話である。

「ちょっと読んでみるか？　昼休みの間に読めるだろ」

漫画は好きだが小説はあまり好きじゃない。気乗りしなかったが、クラスメイトに押し切られて借りてしまった。

ささっと流して読む。どうやらこの話は『〇〇をした未来』『〇〇をしなかった未来』のどちらかを選ぶものらしい。主人公は二つの未来を見て、どちらが幸せな未来か比較し、選択する。僕はというと、結果を見てから選ぶなんてずるいよなあと思ってしまったので、クラスメイトたちのようにハマりきることはなかった。

本を返すとまもなく予鈴が鳴り、皆が席に戻って授業の準備をする。僕も教科書を机に並べ、それからスマートフォンを取り出した。この学校では授業中のスマートフォン使用は禁止されている。通知の音ひとつ鳴れば没収だ。音量設定は大丈夫かと確認して、昨日のメッセージを思い出した。

『ミサト：私は、あなたを産まなかった未来のおかあさんです』

昼休みに読んだ本はフィクションだとわかっている。けれど、気になって仕方ない。

学校が終わると僕はスマートフォンを取り出し、例のメッセージ画面を開いた。既読通知をつけてもいいと諦め、開く。

昨晩見たメッセージ以外はない。変なＵＲＬも電子マネー購入を促す文も。となると間違いで送ってきたのか。

画面上部に『ミサトさんをともだち登録しますか？』と表示されていたので、少し悩んだがともだち登録をした。知らない人という怖さより、このメッセージの意図を知りたいという好奇心が勝ったのだ。

　すぐにメッセージが届いた。

ミサト：ともだち登録ありがとう

ミサト：あなたと話したかったので助かります

ミサト：このこと、あなたを産んだ未来のおかあさんには内緒にしてね

　どうも怪しい。ともだち登録してまもなくメッセージが届くところはまるでＳＮＳアプリを監視していたようだし、母に内緒というのも気味が悪い。僕はとてもよくないものに片足をつっこんでしまったのではないかと怖くなった。

ミサト：あなたにいくつかの質問があります

　ほらみろ。やっぱりこれはよくないものだ。ここから個人情報を引き出していくのだろう。詐欺や犯罪に関わるアカウントは運営に通報することができる。その通報ボタンを押そうと

したところで、もう一度スマートフォンが光った。

ミサト：お母さんの手料理で　一番好きなものはなあに？

拍子抜けする内容だった。質問って、僕の好きな料理を聞くだけなのか。生年月日とかどこの高校に通っているとか、そういう質問が飛んでくると思っていたのに。

僕は考えてメッセージを送る。

のぼる：カップラーメン

他に思い浮かぶものはあったが、母の名前に似ているこの人に、母を褒めるような内容を送るのは気が引けた。このアカウントは詐欺ではなく、母と誰かが仕組んだいたずらという可能性もある。だとすればここで母を褒めるとそれが母の耳に入ってしまうわけで。それは少し恥ずかしかった。

ミサト：そう

ミサト：私は　ろくに料理もできないのね

ちくりと、心が痛(いた)んだ。自分に呆(あき)れているような物言いが、頭の中で母の声になる。悲しそうな顔をして言うのかもしれない。気まずくなって本当は違うと書こうとしたが、それよりも先に相手からメッセージが届いた。

ミサト：ねえ
ミサト：私のこと、おかあさんには言わないでね

となると相手は、このアカウントや質問内容を母に知られたくないのだろう。誰なのだろう。思い当たる人物はいないし、母に知られずに情報を聞き出そうとする理由もわからない。
もしかすると本当に、僕を産まなかった未来の母ではないか。

ミサト：質問です
ミサト：生まれてきてよかった？

その質問は僕を悩ませると同時に、相手が別の未来の母なのだと思い込ませた。

そうなれば——僕はこの質問にどう答えたらいいのだろう。『はい』か『いいえ』か。先ほどの料理の質問に正直に答えず後悔したので素直に答えたいところだが、素直になるのなら自分と向き合わなければならず。いったん既読をつけた後、ポケットにスマートフォンをしまう。帰り道を歩きながら考えるとして、返信は家に帰ってからでいいと思っていた。

家に帰ると母はいなかった。いつも通りだ。リビングのテーブルには、ラップのかかった冷めたオムライスがある。前は手書きのメモが添えてあったが、言われなくたってレンジで温めて食べると怒った時から夕飯のみ置かれるようになった。

カバンを置いて制服を脱ぐ。着替え終わって一息つこうとしたところで、スマートフォンのことを思い出した。制服のポケットから取り出せば、メッセージが届いている。

ミサト：ごめんなさい
ミサト：さっきの質問はなかったことにして
ミサト：あなたは多感な年ごろでしょう　難しいことを聞いてしまったわね

僕は帰宅途中だったため返信が遅れたことを話した。しかし、返ってきたのはそれに対するものではなく新たな質問だった。それらに僕は答えていく。

ミサト：お父さんは　いまなにしてる？
のぼる：いないよ
のぼる：女の人を作って出ていったよ
ミサト：そう
ミサト：おばあちゃんは　なにしてる？
のぼる：母さんの方のばあちゃんは亡くなったよ
のぼる：働きすぎで　病気に気づいた時には手遅れだった
のぼる：父さんの方はわからない
のぼる：母さんに聞いてみる？

するとすぐさまメッセージが飛んできた。

ミサト：言わないで
ミサト：おかあさんには聞かないで

どうやら相手は、スマートフォンで文字を打つのに慣れているらしい。二つのメッセージは間髪いれずに飛んできて、予測変換を使ったとしてもこんな速さが可能なのだろうかと思うほどだ。

ミサト：コロは？
のぼる：なにそれ
ミサト：犬
ミサト：飼っていないの？
のぼる：飼っていないよ
のぼる：うちにそんな余裕ないから

そこでいったんミサトからの返事が止まった。既読はついているから、僕のメッセージは確認しているらしい。

その後はテレビを見たり、勉強をしようとしてゲームをしたり、オムライスを食べたり――と普段通りに過ごしていた。何度もスマートフォンを確認したが、新しいメッセージは届いていなかった。

翌日の授業でちょっとした騒ぎが起きた。授業中、教室に響くスマートフォンの音。それがSNSアプリのメッセージ受信音だったので、僕はとっさにポケットに手を入れたし、周りもみな自分のスマートフォンではないかと焦った顔をしていた。

「お前！」

特に数学の授業中だったのがよくなかった。この先生はスマートフォンの没収にためらいがないと生徒の間で話題だった。

先生は机と机の間をぶつからず器用に歩いていく。恐ろしいことにたった一度の通知音で、どこで鳴ったのか見当をつけていたらしい。先生が通り過ぎた先から安堵の息が聞こえる。僕も先生が通り過ぎるまでひやひやした。

「授業中のスマートフォンは禁止だって言っただろう！」

振り返ってすぐにわかった。顔色の悪い男子生徒。タクミのスマートフォンが鳴ったのだ。

どこか抜けたやつだから音量を切るのを忘れていたのかもしれない。白を切ればまだ切り抜けられるかもしれないのに、タクミは慌てて立ち上がった。手も体も、ここから見てわかるほどに震えていた。

「ちがうんです、これ大事なんです」

「学校のルールだ。没収する」

「い、いやです。お願いです。今日だけは」

先生はタクミからスマートフォンを奪い、スーツのポケットに入れた。うなだれるタクミを残して教卓へと戻り、いまだ怒りの残った顔で「みんなも気を付けるように。没収だからな」と忠告した。

授業が終わるなり、後ろの席から聞こえてきたのは泣き声だった。タクミは机につっぷし、声をあげて泣いている。たかがスマートフォンの没収でそこまで泣くものかと思いながら、僕はタクミの席へ向かった。

「そう落ちこむなって。返してもらえばいいだろ」

スマートフォンが没収されたとしても、すぐ返してもらう方法がある。親と一緒に職員室へ行って、授業中に使用した理由を説明し、原稿用紙一枚分の反省文を渡せばいいのだ。簡単なことだろうと思っていた。しかしタクミはめそめそと泣いている。

「だめなんだよ。俺、すぐに返事を送らなきゃいけないんだ」

「じゃあ親に頼んで学校に来てもらえばいいだろ」

「できないよ。それだけは絶対にできない」

そこでタクミが顔をあげた。

「お母さんには言えない」

最近よく聞いた言葉だと思った。とっさにスマートフォンを入れたポケットに手をつっこんだのは、ミサトのメッセージが思い浮かんだから。

「俺、死ぬかもしれない」

「は？　没収ぐらいで何言って――」

「選ばれなくて、俺は死ぬかもしれない」

冗談とは思えないほどタクミの顔色が悪い。死ぬってどういうことだ。選ばれないってそれは――。

詳しく聞こうとしたところで、スマートフォンが震えた。取り出してみると画面にはミサトの名前が表示されていた。

ミサト：ねえ
ミサト：私のこと、おかあさんには言わないでね

は、と息を呑んだ。昨日からぱたりと止まっていたメッセージが、なんてタイミングで届くのだろう。そして内容も、タクミが語るものと似ていて肌が粟立つ。僕がスマートフォンを見ているうちにタクミは「職員室に行ってくる」と立ち上がった。あの先生に何とか返してもらえないか掛け合うのだろう。

結局、タクミが戻ってきたのは次の授業がはじまる直前。後ろの席からすすり泣く声が聞こえていたのでスマートフォンを返してもらえなかったのだろう。

授業中も泣いている様子に驚いた日本史の先生は、タクミに対し保健室に行くよう告げた。そのまま放課後まで戻ってこなかったので早退したのかもしれない。

タクミのことがあったからか、ミサトからのメッセージがきていても読む気になれなかった。既読もつけずに放置し、家に戻ってからようやく向き合う。何件も質問が届いていた。

ミサト：おかあさんと仲いい？
ミサト：返事がないのは考えているから？
ミサト：多感な年ごろだもんね　この質問はなかったことにして
ミサト：次の質問です
ミサト：おかあさんの好きなところは？

ぞっとした。僕から返事がこないのは、返答に悩んでいるからだと解釈しているらしい。
僕は慌てて授業中だったことと、その間はメッセージを送れないことを話した。しかしミサトはそれに対して返事をしない。

ミサト：おかあさんの好きなところは？

急かすように同じ質問が届く。僕の話を聞かずに進められるそれは人間味がなく、ロボットと話している気分がした。
まさかタクミも、僕と同じような状況になっているのだろうか。わけのわからないアカウントが母のことを聞きだし、すぐに答えなければ勝手な解釈をされて次の質問がくる。だからタクミが焦っていたのだとしたら——僕はミサトにメッセージを送った。それは質問の答えではなく、僕からミサトへの質問だ。

のぼる：あなたはどこにいるの？

すぐに既読がついて、返事が届いた。

ミサト：私は、あなたを産まなかった未来にいる
のぼる：意味がわからない
ミサト：あなたは多感な年ごろでしょう
ミサト：理解できないのは仕方のないことです
のぼる：やっぱり意味がわからない
のぼる：どうして僕に連絡したの？
ミサト：いま、選んでいるから

選ぶ、それはつまり。タクミも『選ばれなかったら』ということを話していた。

この人と母の違いは、僕を産んだもしくは産まなかったこと。僕を産まなかったミサトは、僕を産んだ母との人生を比較しているのかもしれない。
僕を産めばよかったと後悔させるほど、幸せを見せつければいいわけだ。

そこで思いついた。このSNSアプリではともだちのタイムラインを見ることができる。ミサトの近況投稿を見れば何かわかるかもしれない。さっそくミサトのタイムラインを表示した。

ミサト　のタイムライン：
今日は友達と旅行にでかけ髱ィ隕ァ適：・ュ「隕九ｋ縺髱ィ隕ァ適：・ュ「隕九ｋ
縺ェ髱ィ隕ァ適：・ュ「隕九ｋ縺ェ髱ィ隕ァ適：・ュ「隕九ｋ
縺ェ髱ィ隕ァ適：・ュ「隕九ｋ縺ェ髱ィ隕ァ適：・ュ「隕九ｋ
縺ェ髱ィ隕ァ適：・ュ「隕九ｋ縺ェ髱ィ隕ァ適

こんな画面を見たことはなかった。表示されかけた文字も一瞬で謎の文字へと変わり、タイムライン表示画面が埋め尽くされていく。怖くなってスマートフォンをソファに放り投げると、通知音と共に画面が光った。

おそるおそる、覗きこむ。

ミサト：タイムライン
ミサト：見たね

僕は怖くなってスマートフォンの電源を切り、引き出しの中にしまった。

夕飯も風呂も勉強も、何もする気になれなかった。布団の中にもぐりこんで現実から逃げる。

唯一困ったのは朝のアラームだったが、使っていない目覚まし時計を持ってきてアラーム代わりにした。とにかくスマートフォンから離れたかった。

同じ状況に陥っているかもしれないタクミのことが気になった。あのメッセージが来ているのならば、彼は僕よりもこの状況に詳しいはずだ。スマートフォンを家に置いて、学校へ向かった。

しかしタクミは来ていなかった。いつも僕より早く来る生徒だ。昨日のことがあったから休むのかもしれないなどと考えているうちに担任がやってきた。その顔はひどく沈んでいる。

「知っている人もいるかもしれないが、タクミが亡くなった」

水を打ったように静かな教室は担任の声がよく響く。死因は突然死であることや、葬儀などの詳細が決まり次第連絡すること。クラスメイトが突然亡くなってつらいかもしれないが、などと話していた。後半の方はよく覚えていない。それよりも昨日のタクミの様子が、僕の頭を占めていた。

スマートフォンを没収されたタクミは『すぐに返事を送らなきゃ』と慌てていた。そして『選ばれなかったら死ぬ』とも。僕とタクミの状況が同じならば、僕も選ばれなかったら死ぬんじゃないいか。

ポケットに手を入れる。いつもスマートフォンを入れているそこは空っぽだった。まずい。ミサトから連絡がきているかもしれない。すぐに返事を送らなければ。

具合が悪いと話して早退した。学校を出て走る、とにかく急いで帰らなければと焦った。家に入るなり僕は自室に向かい引き出しを開けた。そこには僕が置いた時のままのスマートフォンがある。電源をつけるも、新着メッセージはなかった。ミサトとのメッセージ履歴を何度も確かめたから間違いない。大丈夫だとわかったとたん、力が抜けてずるずると床に座りこんだ。

「のぼる、どうしたの？」

そこで扉の開く音がし、振り返ると母がいた。

「な、なんで母さんいるんだよ」

「今日はお休みなの。それよりもあんた、学校はどうしたの？」

スマートフォンが鳴った。母から隠すようにして確認する。

ミサト：言わないでね

「ねえ、聞いてるの？　ちゃんと説明しなさい」

ミサト：言わないで　言わないで

「スマホばっかりいじってないで」

ミサト：言わない　言わない　言わない

「話を聞きなさい。それ、取り上げるわよ」

ミサト：言うな言うな言うな言うな

ミサト：言うな言うな言うな言うな

ミサト：言うな言うな言うな言うな

母が一言喋るたびに届くメッセージ。

僕は怖くなって、スマートフォンを手にしたまま家を飛び出した。

家を出ても母が追いかけてくる様子はなかった。制服姿で昼間の住宅街をうろつくのも嫌で、近くの公園に向かう。こんな時間ならば小さい子がいるのかとも思ったが、誰もいなかった。

ブランコに乗って、もう一度スマートフォンを見る。ミサトからのメッセージは止まっていた。

タイムラインを表示しても母と話してもメッセージが届くのだから、ミサトはどこかで僕を見ているのだろうか。何にせよ、怖くてたまらなかった。今すぐにスマートフォンを捨てて忘れてしまいたいのに、質問がきたらと思うと手放せない。

「あら。のぼるくんじゃない」

　俯く僕に声をかけたのは、どこかで見たことのあるおばさんだった。昼間に公園にいる僕を叱るのかと思いきや、その人は僕の制服を見て悲しそうにし、それから言った。

「タクミと仲良くしてくれてありがとうね」

「あ……タクミのお母さん……」

　スマートフォンに反応はないことから、他の人のお母さんと話すのは許されるらしい。タクミのお母さんは、僕の前に立って言った。

「今どきの子はみんなそうなのね。タクミもそんな風にスマートフォンばかりいじっていたわ」

「タクミも……ですか？」

「ええ。理由は教えてくれなかったけど――今も学校に行ってきたところなの、没収物を返してもらったのよ」

　ほら、と言ってタクミのお母さんが紙袋を掲げた。

　没収物ということは、そこにタクミのスマートフォンがあるのではないか。僕はとっさに手を伸ばしていた。

「すみません！　それ見せてください！」

「え？　別にいいけど――」

紙袋を借りれば、やはり中に入っている。少しの間だけ借りることを話して、タクミのスマートフォンの電源を入れた。

まずはＳＮＳアプリだ。ともだち一覧を見るとクラスメイトの名前たちに並んで『髭ｨ隕ｧ適：ｭ｣「隕九k縺ｪ』というのがある。ミサトのタイムラインで見たものと同じ、不思議な言葉だ。やはりタクミも僕と同じ状況にあったのかもしれない。そのともだちとのメッセージ履歴は消えていた。

「……手がかり、なしか」

打開策があればと期待するも空振りだ。諦めてスマートフォンを返そうとした時、そのともだち一覧に『■■■』という人がいるのに気づいた。名前もアイコンも真っ黒に塗りつぶされた異質なともだちだ。気になってメッセージ記録を開いた。

■■■：こちらは　ひと　さがし　です
■■■：べつの　みらい　に　すすんだ　ひと　を　さがします
■■■：ともだちとうろく　したい　ひと　の　なまえ　を　にゅうりょく　してください

解決への糸口を掴んだ気がした。もしもこれが本物ならば、ここで別の未来にいる誰かに協力を頼めるかもしれないのだ。

■■■のともだち番号を覚えてスマートフォンを返す。最後までタクミのお母さんは不思議そうにしていたが、理由を明かすことはできなかった。

僕のスマートフォンから■■■をともだち登録する。あっさり■■■と繋がることができた。これならば、いける。

しかし誰に協力してもらえばいいのだろうか。真っ先に浮かんだのは母だが、僕を産まなかった未来にいるのはミサトである。頼れるわけがない。父はとっくに家を出ているし――そこで思い浮かんだ人がいた。

いつも優しくしてくれた祖母だ。

祖母は、僕たちの生活を手助けするため働きすぎて亡くなった。だから働きすぎる必要のない未来、つまり僕を産まなかったミサトのいる未来なら、祖母は生きているかもしれない。

望みを託して■■■に名前を打ち込んだ。

■■■：みつかりました

■■■：めっせーじ　がめん　を　ひらきます

僕は、助かる。

僕を産んだ未来を選んでもらえばいい。これで僕は生きるはずだ。

＊＊＊

思惑通り、ミサトからのメッセージは止まった。

ともだち一覧を開くとミサトがいたところに『髢ｲ隕ｧ適：・ｭ｢隕九ｋ縺ｪ』と表示されている。

今までのメッセージ履歴も綺麗に消えていた。

「助かった……のか」

あとは母と喋ってミサトからメッセージがこないか確かめるだけ。僕は家に戻った。

家に戻ると母がリビングにいた。学校を早退した理由も明かさずに家を飛び出したのだから、怒っていることだろう。

スマートフォンを手にした母に声をかける。

「ただいま」

「のぼる！　あんた――」

母が喋っても、ミサトからのメッセージはこない。僕は解放された。これでもう大丈夫だ。

そう思っていたのに、母はひどい顔をしていた。

「言わないでって、言ったのに」

土気色した肌。黒い唇。そこにいる母が、母ではないもののように。

母のスマートフォンがぴかぴかと光っていた。目をやれば、見慣れたＳＮＳアプリの画面で、しかし赤い文字が表示してある。

『あなたのおかあさん　は　産まない未来　を選びました』

瞬間、母の首が落ちた。力の抜けた操り人形みたいに、だらりと。

なんてことだ。僕は――祖母に協力を頼んだのに。母が僕を産む未来を選ぶよう協力してほしいと頼んだだけなのに。

僕は素直に話した。僕と母の近況、父のこと、祖母のこと、ぜんぶ。祖母は『わかったよ』と送ってきたから、大丈夫だと信じていたのに。

もしかすると、僕が連絡したのは、ミサトがいる未来の祖母ではなく、母もミサトもいない誰も産まなかった祖母かもしれない。

その祖母が子供を産んだ未来と産まなかった未来を選択している途中だったのなら。僕の話を聞いて、選んだのだろう。そうなれば、僕はどうなる。

母が産まれていなかったら、僕は——産まれることは、ない。

がくんと体が落ちて、リビングの床にごろり。僕は倒れてしまったのだろうか。起き上がりたいのに力が入らなくて手足は動かせず、床の温度さえ伝わってこない。体がどこかに消えてしまったみたいに全身の感覚がなかった。

僕のスマートフォンも床に落ちていた。でも真っ暗で何も映らない。もう動かない。視界も黒く染まっていって、ぜんぶわからなくなっていく。

ぼくは　えらばれなかったのだから　しかたない。

本書は、二〇一九年にカクヨムで実施されたコンテスト「大人も子供も参加できる！　カクヨム甲子園《テーマ別》」の受賞作、および応募作の中の優秀な作品を加筆修正したアンソロジーです。

5分で読書

恐怖はSNSからはじまった

2020年8月28日　初版第一刷発行

編集　カドカワ読書タイム

発行者　青柳昌行

発行　株式会社KADOKAWA
〒102-8177　東京都千代田区富士見2-13-3
0570-002-301（ナビダイヤル）

印刷・製本　株式会社廣済堂

ISBN 978-4-04-064853-8 C8093

グランドデザイン　ムシカゴグラフィクス
ブックデザイン　百足屋ユウコ＋小久江厚（ムシカゴグラフィクス）
イラスト　やじるし